STEMMA

COMUNE DI CINISI

Fotografie   dellAutore

Vignette di Sabrina Russo

Grafica e impaginazione di   Lisa Mannino

Titolo | Il mio paesello
Autore | Giovanni Mannino
ISBN | 978-88-91140-02-9

Youcanprint Self-Publishing
Via Roma, 73 – 73039 Tricase (LE) – Italy
www.youcanprint.it
info@youcanprint.it
Facebook: face book.com/youcanprint.it
Twitter: twitter.com/youcanprintit

GIOVANNI MANNINO

IL MIO PAESELLO

"LI RICORDI"

Poesie, aneddoti e varie, in lingua siciliana e
italiana

e

"TUTTI LI 'NCIURII DI LI SCINISARA"

Poesia in lingua siciliana
in ottava e terza rima
di tutti i soprannomi
degli
abitanti di Cinisi

IL MIO PAESELLO

Elevo il canto a te mio Paesello
così chiamandoti: Paesello mio,
ti parlo e dicoti: sei tanto bello
ora, ancor più di quando in te nacqui io
tale, da chiedermi: sei proprio quello
di quel lontano, infausto tempo rio
della infelice adolescenza mia
ch'io non conservo alcuna nostalgia?...

Lascio i vecchi ricordi e le tristezze
dei miei primi anni in balia a quel destino;
mi riallaccio a cantar le tenerezze
come quando poco più che un bambino
in versi, le naturali bellezze
cantai del territorio cinisino
ai cari amici nostri americani
e i soprannomi dei miei paesani.

Miseria, povertà, fame, dolore,
fur le delizie che mi cacciar via
da te, bambino ancor, gioia ed amore
non ci fu nella fanciullezza mia,
purtroppo, noto poi che tanto onore
la storia tua non ha, né poesia
ma, sei, malgrado tutto, sempre il mio
unico e sol... Paesello natìo.

Giovanni Mannino

Una piazzetta che, di un gran pittore
sembra dipinta, vi son sette palme
sparse, una graziosissima, fontana,
una chiesetta, e dal centro sen parte
un alberato, grande, dritto Corso
che par che sbocchi al mare. Oh meraviglia!
Son desto? Mi domando...
O, sto sognando?
Non sogno affatto... questo paesello
è il mio Cinisi!... Dico, è vero bello!
E mentre ammiro ciò,
sento: din-dò - din-dò - din-dò - din-dò!!
È il vecchio orologio a mezzogiorno
Come se vuole dirmi: Buon ritorno.

NOTA DELL'AUTORE

Spesso, nel lungo corso della mia vita, dalle mie prime composizioni poetiche ho sfiorato ma, mai scritto questo titolo: "IL MIO PAESELLO", non so, forse perché "mio" è sinonimo di proprietà ed io proprietario, mai mi son sentito... di niente, figurarsi poi, se di un'intero paese, non che ora lo sia diventato ma, al contrario credo essere io ad appartenere in certo qual modo, al paese dove sono nato.

In tarda età, ma, meglio tardi che mai, sono lieto di offrire a Cinisi mio paese natìo, aggiungendo i "ricordi" della mia prima infanzia e fanciullezza, alla riesumazione di questi "'n ciurii di li scinisara" che ho scritto ai miei paesani nei lontani anni 40°, allora ragazzo su i 16-17 anni, affini alle feste di carnevale che, recitavamo col mio amico d'infanzia Faro Abbate sui carretti addobbati all'uopo, per le strade del paese e nelle serate di ballo in famiglia, come si usavano allora, per rallegrare un po' quei tristissimi anni del dopoguerra, si spensierati ma, dovuto soltanto a quella meravigliosa, nostra bella età.

Dunque, i ricordi, e di allora, quella miriade di 'nciurii, soprannomi scritti in dialetto siciliano, in perfetta ottava e terza rima, di un picciottu che, non era un diplomato, neanche uno studente ma, aveva la quinta elementare, di famiglia poverissima e, da bambino lavorava in campagna e portava al pascolo le pecore, come mai? Era un nuovo Dafne? Chi gli aveva insegnato a scrivere poesia così bene? Beh, mi arrendo e confesso: ebbi un discretuccio Maestro della terza rima, si chiamava... Dante Alighieri ed, ancora, altri discretucci Maestri della poesia, si chiamavano: Francesco Petrarca, Ludovico Ariosto, Virgilio Marone, Omero, Torquato Tasso, Giovanni Meli ed altri più o meno della stessa bassa statura poetica dei quali, avidamente divoravo leggendo i loro meravigliosi, immortali poemi, mentre, a me d'intorno pascevano placide le pecorelle.

Ecco chi furono i primi miei Insigni, meravigliosi, indimenticati Maestri .

Ma pure, c'era, sentivo in me, innato l'istinto di verseggiare, non di emularli ma, mi era facile mettere in in versi, in rima le scemenzerie che mi venivano in mente e, di allora, ne ho scritte tante, tante di queste.

Detto e scritto questo, al libro manca la prefazione quindi, un prefatore e, dove trovarlo? A Mazara, dove sono da 50 anni, mi dicono: dovrà essere un tuo paesano, perciò, un cinisaro, a Cinisi, da dove manco da 60 anni, mi dicono: e chi più ti conosce?

"Mi caccia il ciel, per non esser men bello – né lo profondo inferno mi riceve", allora?

Allora, la più giusta, esatta, vera prefazione la farai tu lettore, dopo che avrai letto il libro e, nessun'altro! Per la qualcosa, immensamente ti ringrazio.

Giovanni Mannino

Gino Di Leo

A LU ME' PAISEDDU

'Ntra dui muntagni e apertu a la marina,
tra virdiggianti alivi e prati 'nciuri,
e tra jardina in zàgara, chi oduri
suavi sparginu pi' l'aria fina.

Cinisi stà, paiseddu d'onuri,
ch'ispirò a Meli a la grutta salina
e a la vaddata umbrusa di lu Furi,
materia eccelsa di puisia divina.

Sicula gemma chi ricchizzi teni,
di Saracini storici ricordi,
e di cuntrati diliziusi e ameni.

   Si 'ccà nascisti, parti, ma nun scordi,
giri lu munnu, ma nun poi truvari
di 'ccà cchiù beddu e 'ccà voi riturnari.

   Mi dasti li natali e, picciriddu,
cu pochi gioi mi dasti tanti peni,
cunservi la mimoria mia 'cchiù cara.

   Lu tempu passa e biancu è lu capiddu.
Bedda quantu l'amuri pensu a Fara;
puru pi 'chissu nun ti vogghiu beni.

CINISI: DALLE ORIGINI ALL'URBANIZZAZIONE

(DOCUMENTAZIONE E RICERCHE DELL'ARCH. MATTEO MANNINO)

IL FEUDO CHINNISI

Come centro fortificato musulmano, Cinisi è ricordata per la prima volta con certezza nel 1079 dal cronista della conquista normanna Goffredo Malaterra. In quell'anno i musulmani di Jato, fidando nella inespugnabilità della loro fortezza si ribellarono contro Ruggero, infrangendo una precedente capitolazione; l'esempio venne seguito anche da Cinisi, ed il gran conte fu quindi costretto a stringere d'assedio *fortissime* le due località. La minaccia del rogo delle messi e quindi, in ogni caso, la prospettiva di resa per fame, convinse le due comunità musulmane a chiedere la capitolazione, sottomettendosi nuovamente alla corresponsione di "censum, tributum et servitium" ed evitando così più gravi vendette. Nel 1091 Cinisi ed il suo territorio ("cum omnibus pertinentiis suis") venne compresa, con Carini, Calatubo, la stessa Jato ed altri importanti *castra e civitates*
della Sicilia occidentale, all'interno della diocesi di Mazara del Vallo.
La mensione di Cinisi e del suo territorio nel privilegio della Chiesa mazarese e nella conferma papale dimostra la relativa importanza di questo centro abitato alla fine

dell'XI secolo e riflette probabilmenteil suo status di "capoluogo" di *iqlim*
(distretto) già in epoca islamica.

Idris, il celebre geografo della corte di Ruggero II descrive Cinisi come "ampio casale fabbricato sulla costa di un monte che par gli sta addosso", dotato di "un terreno estesissimo, assai favorevole alla vegetazione, sparso di be' pascoli e abbondante di frutte"; il casale (in arabo *rahal*) si trova a quattro miglia arabiche dal mare. L'abitato di Cinisi compare un'ultima volta intorno al 1230 quando è ricordato da una fonte araba, il *Tariq Mansuri*, fra le fortezze musulmane del Val di Mazara ribelli a Federico II, insieme a Jato, Gallo ed altre località.

La storia dell'abitato medievale di Cinisi si apre e si chiude, quindi, con una rivolta musulmana: e se il gran conte aveva ritenuto opportuno non infierire, Federico II, com'è noto, trasferì i musulmani superstiti, dopo una feroce repressione, a Lucera.

Le località della Sicilia occidentale teatro della resistenza islamica nell'XI e quindi nel XIII secolo da allora rimasero deserte e, fra esse, anche Cinisi scomparve in quanto luogo abitato.

Il successivo documento riguardante Cinisi (la concessione in favore di Matteo Pipitone) è del 1263 e, con indicativa ambiguità terminologica, nomina il "tenimentum terrarum cuiusdam casalis quod vocatur Chinnisi", ricordandovi la presenza di alberi "carrubarum amygidalarum et ficum" ma non facendo alcuna menzione di un eventuale insediamento abitato né di una popolazione.

La incertezza terminologica continuerà ancora in alcuni documenti dei primi decenni del XIV secolo che, probabilmente più per tradizione cancelleresca che per aderenza alla realtà, continueranno ad utilizzare la parola *casale* per designare quello che nel 1331 è infine chiamato, senza possibilità di equivoci, "casale inhabitatum quod vocatur Chinnisi".

Se anche un minuscolo fuoco di popolamento fosse sopravvissuto alle vicende delle guerre musulmane, alla data del 1331 l'abbandono del sito, l'nvoluzione del casale abitato al feudo spopolato , era un fatto compiuto.

A questa realtà di spopolamento è peraltro da mettere in relazione anche la richiesta e la concessione della licenza per impiantare una tonnara: infatti la licenza per impiantare una tonnara al mare di Cinisi venne concessa da re Ludovico il 19 marzo 1344: si tratta quindi di una delle più antiche *concessiones tonnarie* conservatasi.

Il privilegio facoltava il beneficiario, il *miles* Corrado de Castellis, ad impiantare tonnariam unam in mari tenimenti terrarum quod dicitur Chinnisi positis prope tenimentum Carini et Terrasini".

A partire dalla concessione del 1344 la storia patrimoniale del feudo di Cinisi coincide esattamente con quella della tonnara. Il feudo era pervenuto da Matteo Pipitone al fratello Nicolò la cui figlia, Flos, sposando Corrado de Castellis, gli portò in dote, fra l'altro, 11 onze sulle rendite di Cinisi. Successivamente Cinisi pervenne ad Alessandra, figlia di Perrona, vedova di Nicolò Pipitone, e del secondo marito di lei, tale Bonione da Eboli. Quindi feudo e tonnara pervennero a Violante, figlia di Alessandra e Nicolò Berlinghieri.

Violante andò in sposa al giudice Fazio de Fazi che, non senza contrasti con la suocera prima e con alcuni eredi di Nicolò Pipitone dopo, riuscì infine ad assicurarsi Cinisi come dote della moglie e successivamente anche il tenimento di terre della Gifana, limitrofo a Cinisi he, restava un territorio spopolato e in gran parte incolto.

Questultima coppia non ha figli e nel 1382, dopo una crisi mistica, lascia tutto ai Reverendi Padri Benedettini di San Martino delle Scale. Così, fa successivamente donna Violante dopo essersi risposata con un nobile palermitano e dopo aver capito e rispettato la volontà del giudice Fazio dei Fazi che, per promessa, volle esser sepolto con il saio dei Benedettini.

I potenti Benedettini, dopo aver mantenuto la promessa, si trasferirono in parte nel maniero di Cinisi e cominciarono a promuovere l'immigrazione nel loro territorio di famiglie contadine dando in enfiteusi appezzamenti di terreno che permettevano loro di guadagnare sufficientemente.

Presto molte famiglie dei paesi vicini si trasferirono a Cinisi e la comunità cominciò ad ingrandirsi ed essere benestante e laboriosa per l'umanità e per l'intelligenza dei Padri che gestivano l'organizzazione di tutto il territorio.

Gli unici che contrastavano i Reverendi Padri erano i La Grua-Talamanca, principi di Carini che, con la scusa della caccia invadevano il territorio rubando i prodotti della terra. Ma i monaci con intelligenza seppero risolvere il problema perché ottennero un decreto che vietava la caccia sul loro territorio.

Insomma, i principi di Carini arroganti e prepotenti, non seppero contrastare i Padri Benedettini che furono sempre difesi dalla Curia Arcivescovile di Mazara del Vallo e di quella di Palermo. Il loro motto "Ora et Labora" si dimostrò sempre positivo.

L'arrivo di famiglie al completo da Partinico e da Carini ingrandì la comunità cinisara che già nel 600
Disponeva di 4000 abitanti.

Non esistevano allora proprietari di terreni perché tutto apparteneva ai Padri Benedettini che davano con facilità in enfiteusi terreni e case. Chi non aveva danaro per pagare l'affitto si accordava con un pagamento in prodotti della terra che i Padri conservavano nelle grotte artificiali del maniero.

Li c'erano e ci sono ancora slarghi per consentire
ampio spazio ai prodotti secchi come frumento, fave, fagioli, piselli ed olio.

Nel XV secolo lo sfruttamento prevalentemente era quello pastorale del feudo con ridotta presenza della cerealicoltura. Il territorio di Cinisi, d'altra parte, pur essendo ubicato lungo la costa, si estendeva soprattutto verso l'interno incuneandosi tra due rilievi calcarei, monte Palmeto e monte Pecoraro-Montagna Longa.

Nella vallata che parte dal Piano dei Margi e dalla strettoia del Furi fino ad arrivare al Mulinazzo (oggi incluso nell'area aeroportuale di Punta Raisi) si coltivava tutto. In montagna assieme ai pastori e vaccari c'erano contadini di grande abilità nel campo agricolo e riuscivano senza acqua a produrre pomidori, uva, sommacco, manna e legumi di ogni genere. Sotto le coste del monte Pecoraro in una zona chiamata "Rutta Salina" vi era uno stillicidio di acqua che finiva in una piccola abbeveratoia dove le pecore per non scendere a valle bevevano. Il bestiame invece, bisognoso di una maggiore quantità, scendeva a turno per bere in una spontanea fontanella che ancora oggi si chiama Accitella.

L'olio di oliva proveniva dagli alberi saraceni di contrada Cipollazzo (ancora oggi presenti e protetti)

I Padri Benedettini furono molto amati dalla popolazione per il loro aspetto umano e sociale.

Permisero alla comunità cinisara di erigere una chiesa con la donazione di un tumulo di terra davanti al maniero ed allo spiazzo antistante che loro subito chiamarono Piazza San Benedetto e pretesero sempre che lo "stradone" che parte dal maniero fino ad arrivare a mare fosse largo almeno 16 canne, una misura grande che ancora oggi inorgoglisce tutti i cittadini di Cinisi.

L'arrivo di Giovanni Meli a Cinisi, chiamato dai Padri come medico, fu l'esempio più concreto di questo aspetto sociale. Giovanni Meli, arrivato dalla città ancor giovane, oltre ad occuparsi della salute dei Padri Benedettini, si occupò spesso con il loro permesso, della salute dei cinisari. La famosa "spagnola" che tragicamente colpì la metà degli abitanti dei paesi vicini, a Cinisi fu molto blanda proprio per via delle indicazioni precise che seppe dare Meli sulla pulizia del proprio corpo e sulla bollitura del vestiario. Ancora oggi, per quella storia che si tramanda non scritta, ma con racconti di padre in figlio; "strano che il Meli non ne fa cenno nei suoi scritti poetici", vi sono testimonianze positive di quel tempo.

(Ai lettori, a fine lettura del libro, l'ardua sentenza: i tempi belli,... questi di ora o quelli di allora?

Bah! Diciamo noi giovani ma, l'Autore, poeta, mio vecchio procugino dice: Personalmente stò con Giovanni Meli primo di tutti, poi, facendo tesoro di queste mie ricerche, aggiunge: con l'Arciprete Gabriele Tarallo, ultimo dei Benedettini "1855" e, Giuseppe Orlando "1860" primo Sindaco di Cinisi, seguono: Giuseppe Peralta Geloso, "1871" Sindaco, Faro Pizzoli "1872" Sindaco, Mauro Venuti "1873": capostipite dei farmacisti a Cinisi, Gaetano Avellone "1877" Sindaco, Vito Anania "1879" Sindaco, notaio Giuseppe Novo "1888" Sindaco, e, Saverio Venuti "1900" Sindaco, il revisionatore del settecentesco orologio della piazza di Cinisi. E ancora:

Stò pure, con quela nuvoletta di fumo che si formava sopra gli astrachi con i pergolati con grappoli di "racina"e i tetti a canali delle case del paese, uscendo dai fumalori dei focolari e le cucine a legno, che odorava di "ciauru di campagna", al dolce calar della sera.

La osservavano i contadini scendendo verso il paese, dalla Costa di Cinisi, di li 'Ddammusi, di "la Santa Cruci",

sopra i quartieri di: Li Perisi, Quartu novu, Cicirittu e La Chiusa; premonendo, la parca, desiata cena.

Arch. Matteo Mannino

LU ME' PRIMU JORNU DI SCOLA

Quannu iu, nicu, cumpivi sett'anni
e quattru misi, ricordu, me' patri
mi pigghiau pi n'aricchia e – jàmu, dissi,
veni cu' 'mia ca ti portu a la scola!
A lu palazzu di lu Municipiu
'nta la chiazza di Cinisi, acchianamu
'nna la scalidda di dintra lu bagghiu,
a primu pianu c'èranu li scuoli.

C'eranu dda tant'autri picciutteddi
cu' patri o matri, tutti masculiddi

chi s'avevanu a scriviri a la scola.
Me' patri dumannàu: unn'è la prima?
È ddà, la prima stanza, ci 'nsignaru.
Trasemu, e ddà 'nna li banchi assittati
c'eranu qualchi trenta picciutteddi
e supra la pidana riarzata
un tavulinu e d'arreri assittata,
chi si susìu: la Maistra Triolu.
Era 'na bedda cristiana accippata,
sciacquatunazza, vistuta di scuru
cu li capiddi niuri tagghiati
a la muderna, né longhi ne curti
mi taliàu e fici un fintu surrisinu,
poi taliannu a me' patri dissi: prego?
Me' patri dissi: signura Maistra,
chistu di ccà è me' figghiu Giuvanninu,
iu ci lu lassu ccà, panza e prisenza,
senza libbru, quadernu, pinna e 'nchiostru,
picchì sti cosi 'un li pozzu accattari.
Ci raccumannu, si nun fila rittu
lignati nun ci nnò fari ammancari,
lu po' ammazzari e mi torna lu coriu!
Oltri chi bella donna, la Maistra
Triolu, in seguitu capivi ch'era
'na duci, 'na meravigghiusa mamma,
la prima fimmina brava e gintili
ch'iu canuscivi doppu di me' matri:
State tranquillo, rispunnìu a me patri,
legnate qui non se ne da a nessuno.

27

In quanto al libbro e tutto l'altro resto,
non so che posso fare, poi vedremo.
Scrivìu nomu e cugnomu a lu rigistru,
mi disse: v'a sederti in terza fila;
prima taliai tutti li me' cumpagni,
chi tanti d'iddi già li canuscìa
e m'ji assittari, chiddu fu lu miu
primu bellissimu jornu di scola.

ALBERO GENEALOGICO

Maria La Fata e Damiano Mannino,
lui di Natale e Santa Bozo e lei
di Vanni e Rosalia Di Maria,
furono i nostri cari genitori.
Nati verso la fin dell'Ottocento
a Cinisi (il paesin reso famoso
dal film"I cento passi"di Giordana.)

E noi, cinque fratelli e una sorella:
Santina, la maggiore e poi Natale,
Giovanni, Vito, Antonino e Giuseppe.

Sposò Santina Antonino Schillaci,
Natale si sposò a Maria Vitale,
Giovanni con Mariella Di Alcantari,
Vito si sposò Francesca Leone,
sposò Antonino Nicolina Biundo,
con Maria Bergamin sposò Giuseppe.

Ed ora, ad annoverar mi accingo,
dei nostri figli, tutti quanti i nomi,
dicendo quanti sono, e lascio a loro
dopo il bel compito di ritrovarsi.
Santina: ebbe due femmine e due maschi:
Maria, Silvana, Mimmo ed Antonino.
Tre maschi e quattro femmine Natale:
Maria, Giulietta, Denny, Josy, Jenny,

Sammy e l'ultimo nato Salvatore.
Giovanni: ci ha una femmina soltanto,
che chiamò Lisa, grazie a una canzone.
Due femmine e due maschi ce ne ha Vito:
Maria, Damiano, Santina e Vincenzo.
Antonino: una femmina e due maschi,
sono; Mariella, Davide e Giuseppe.
Tre maschi ed una femmina Giuseppe:
Domenico, Gianpier, Claudia e Roberto.

Ahimè, purtroppo, non son più tra noi:
Santina ed il marito. Anche Natale,
un suo bambino, il bellissimo Sammy,
Domenico, di Pino, avèa venti anni.

Son con i nonni, in un mondo migliore,
ma il loro dolcissimo ricordo,
sarà sempre con noi, finchè viviamo.

Dolore e gioia, ma questa è la vita!

Sparsi in tre continenti, i nostri figli
e le loro famiglie, abbiano sempre
gioia, salute, pace e tanto amore.

Cittadini del mondo, ovunque sono,
ma memori delle proprie radici.
Onesti, laboriosi, degni della
modesta, indomita stirpe Mannino.

MIO PADRE

Dal volto suo, solcato di tristezza,
di povertà e miseria,
dalla sua bocca, eternamente seria,
non ebbi mai un sorriso.
    Mai favola sentii di pianto o riso
dalla sua voce, lieta o dolorosa;
dalla sua mano, scarna ed impietosa,
mai ebbi una carezza.
    Tutta un'intera squallida esistenza,
di privazione, spasimo e tormento,
di lancinante, cruda sofferenza,
mai un lamento.
    Un padre, cento figli nutre e cura,
no invece cento figli un padre solo,
che come uccelli se ne vanno in volo,
colpa, si dice, di madre natura.
    Povero vecchio, caro Padre mio,
vivesti in solitudine e abbandono
la tua vita infelice.
Ora che vecchio e stanco sono anch'io,
il tuo ricordo, insieme al tuo perdono,
mi benedice.

MIA MADRE

Piango il ricordo suo, la tenerezza,
il malinconico, mesto sorriso,
piango quell'ineffabile dolcezza
unica, disarmante del suo viso,
quel volto suo, velato di tristezza,
dove alternavansi il pianto ed il riso,
quell'animo, dalla bontà infinita,
quel suo profondo senso della vita.

La vita che vivesti, triste e amara,
fatta di sofferenza e delusione,
un'esistenza di rinuncia rara,
di stento , sacrificio e privazione,
di amore per noi figli, o madre cara,
per cui perdesti il ben della ragione,
parificando il tuo immenso dolore,
soltanto al grande tuo materno amore.

Passano gli anni, il tempo scorre lento,
tutto viene sepolto dall'oblio,
fievole resterà questo lamento,
il tuo ricordo, o madre, e il pianto mio
passa e lo asciuga un alito di vento,
un eco arcano ed un sommesso addio,
mi porta, o madre, l'ultimo tuo dono,
la tua benedizione e il tuo perdono.

ME' SORU E LI ME' FRATI

Comu Natura crìa l'essiri umani:
cincu miliardi, cu' nnì cunta dici,
tutti diversi di fisionomia.

Ca, setti ci nnì su, priscisi, uguali,
nun'è veru, è liggenna chi si dici.

Lassu a cu' ci competi la facenna,
pi' scriviri di mia e la me' famigghia:
sei figghi, cincu masculi eravamo,
'na fimmina: Santina, la cchiù granni,
vinìa Natali, poi, Giuvanni, Vitu,
lu quintu Ninu e l'urtimu Pippinu.

Sei beddi tipi, nurmali esemplari;
sei pirsunalità tutti diversi
di modi, di caratteri, di stima,
di cui di ognunu, vi discrivu in rima:

SANTINA

Di nica era graziusa e 'ntiligenti,
picciotta: bedda, fina e giudiziusa,
donna poi: spusa e mammina amurusa
amata e benvuluta immensamenti.
Finìu ccà, troppu prestu lu so' viaggiu
di donna autentica e matri curaggiu.

NATALI

Picciottu beddu, forti, esubbiranti,
scujetu, intraprinnenti, frittulusu,
zitu, maritu fu e patri affittusu;
clandistinu in America emigranti.
Finìu la vita sua pi' 'na gran pena
pi' un figghiu sou mortu a quattr'anni appena.

GIUVANNI

Tantu beddu nun'era, picciriddu;
picciottu, nun facìa tanta fiura,
un pocu arrizzugnatu di natura,
fracco, appanzacanatu e curtuliddu.

Ora vecchiu, nun'è ch'è tantu beddu,
è onestu, è un'idealista, ama li rosi;
un pocu finu havi lu sciriveddu;
è chiddu chi sta scrivennu sti cosi.

VITU

È lu cchiù beddu di tutti li frati;
nascìu cu' li capiddi biunni e rizzi,
di granni, 'unn'havi difetti né vizzi
e, gran fiura fa, si lu taliàti!

È benestanti italu americanu,
lu Presidenti Obama è sou paisanu.
Un difitteddu nicu-nicu sulu:
pi un sordu, si fa cusiri lu culu.

NINU

No, Ninu no, lu chiamamu Nenè
Nenè pi' mia è lu frati di lu cori,
pi' difinillu nun ci su' palori,
cchiù bravi e boni d'iddu nun ci nnè.

È in California e li nutizii avuti
urtimi, ca 'un sta beni di saluti;
a diricci quantu lu vogghiu beni,
vaju a truvallu iu s'idu nun veni.

PIPPINU

Lu nicu, havi già settantaquattr'anni
è pinziunatu e autru 'un voli fari
chi jirisi a fari li bagni a mari
m'havi di supra un saccu di malanni:
primu... l'asceddu, chi 'un ci duna abbentu
hav'a ghiri a pisciari ogni mumentu
e li santi li fa scinniri tutti,
poi dormi, mancia vivi e si nnì futti.

NUN SACCIU CCHIÙ'

Nun sacciu cchiù 'unni su' e si cchiù ci sunnu
l'amici di quann'era picciriddu,
cu' è vivu è a Cinisi o a stu munnu-munnu,
cu' è mortu 'un senti cchiù cauru e friddu.
Ma iu li pensu e li ricordu tutti;
pensu quannu niscìamu di la casa
a la matina appena nnì susiamu
currìamu a 'ghiri a 'ghiucari a lu chianu,
a 'mucciaredda, ed a quattru e quattrottu,
e a vulari la stidda cu' lu lizzu
e poi supra lu marciaperi lisciu
di la 'za Sarafina la Mazzola,
c'un sordu o li buttuna a spanghèmmuru,
cu' la badda e lu lazzu oppuru 'n menzu
la strata cu la mazza e lu scanneddu
e li vusci e li sciarri chi fascìamu
e spissu c'èranu ammuttuna e pugna
e chiancennu currìamu a la casa,
a scippari lu restu di li patri.
Dunni su' cchiù tutti ddi picciutteddi,
ora, già fatti vecchi comu 'mia?
Dicu li nomi e di cu' eranu figghi:
Nittu, Duvicu e Turiddu, tri frati
figghi di lu zu' Turi duvicheddu.
Li figghi di lu zu' Luigi Abbati:
ch'eranu scincu: Faricchiu, Turiddu,
Pitrinu, Pippinu e Luigeddu.

Vituzzu e Cicciu figghi di 'a za' Nzula.
Viscenzu di 'u zu' Masi nicareddu.
Di 'u zu' Vitu Frisedda: Viscinzinu.
Faricchiu e Mommu di lu zu' Paliddu
lu bidellu. Pitrinu e Viscenzu
di lu zu' Ninu Abbati. E poi Turiddu
figghiu di 'a za' Pippina minnamodda.
E chiuiu cu' Turiddu cacafavi.
Di li mei c'eramu: iu, Natali, Vitu
Nenè e Pippinu di mastru Damianu
e di la za' Maria priulazzu.
Vogghiu accussì ricurdalli a 'ghiucari
comu hannu lu sacrusantu dirittu
tutti li picciriddi e di un pruvari
comu nuatri tannu lu pitittu;
ca mancu nnì putiamu sazziari
no di liccornii ma di pani schittu!
Comu, purtroppo, ancora ci nnì sunnu
'nta tanti parti tinti di lu Munnu.

LITTRA A L'AMIRICANI

O cari amici nostri cinisara,
chi in terra americana vi truvati,
Cinisi è terra scarsa, ma è la cara
terra natìa chi certu nun scurdati.
La nostra Chiesa matri, Santa Fara,
la chiazza, la batìa e tutti li strati,
e la strata di cursa granni e retta,
chi'nta Sicilia è la cchiù pirfetta.
E di sta scarsa terra, li cuntrati,
chi ci rendinu frutti duci e belli:
li persichi e varcoca 'ncilippati

e li nespuli di li Munachelli,
di 'nni Vecchiu e Mineu, nuci e granati
e a li Adduzzi, lumiuna e virdelli
e a li Pagghiara, mannarini e aranci,
ca cu parti di Cinisi, li chianci...
Li ficu di li Margi e di lu Furi,
li ficurinnia di la Purcarìa,
ah chi frischizza chi hannu, chi sapuri!
Sa quantu, cu è a l'America disìa.
Li ceusi nivuri e li 'nzolii maturi
e duci, di Voscu Tagghiatu, vurria,
ma unn' avi! E pisci vivi appena iunti,
di lu Puzziddu, di L'Ursa e di li Punti.
Li pumaroru di lu Mulinazzu,
di San Lunardu, e l'aria di lu mari.
A la Scalidda lu bagnu mi fazzu
e mi' nn'acchianu di li Magaggiari.
Persichi, pira, pruna, m'ammarazzu
la panza e arrivu a tiru di scattari...
Ma quali America! iu 'ccà mi staiu!
Nun m'interessa si dollari unn'aiu!
Chisti su' cosi, ca vuatri sapiti,
su ebbrizzi chisti, c'aviti pruvatu.
Perciò dumani diri nun putiti
ca iu pi stizza e raggia aiu parratu.
Ad ogni modu, ammettiri duviti:
'nta un àstracu di 'cca, c'un 'mpriulatu,
chi c' è racina duci comu meli,
megghiu si stà chi 'nta li grattaceli.

QUANNU ERA NICU   (ossia dell'immortalità)

Quann'era nicu di quattro o cinc'anni,
li primi anni di la vita mia,
ricordu tutti quattro li me' nanni,
a cui si cci diceva di vossìa.
Chiddi materni, iddu: lu patriVanni
era e idda la matri Rusulìa
e li nanni paterni eranu uguali:
la matri Santa e lu patri Natali.

Nannu Natali facìa lu stagninu,
avìa la varba bianca, curta rasa;
era a ddi tempi un mastriceddu finu,
e nanna Santa, fimmina di casa.
Nannu Vanni facìa lu cuntadinu,
avìa sceccu e carrettu, zappa e rasa,
e nanna Rusulia tisa e massara,
era pi' mia di tutti la cchiù cara.

'Nna li rcordi mei restanu vivi;
ma li bisnonni nun l'haiu canusciuti
e propriu picchì nun li canuscivi,
è comu si nun sianu mai esistuti;
ed è accussì, pi li prossimi arrivi,
li figghi di li nostri proniputi,
a mia, antinatu so', canuscirannu
sulu si soccu iu scrivu leggirannu.

VECCHI RICORDI

Vecchii ricordi di un tempu luntanu,
a la chiesa Matrici, picciriddu,
iu, propriu iu, nun v'ho pariri stranu,
facia lu chierichettu, cu Fifiddu
Di Lorenzu e Ninuzzu Cusumanu,
figghiu di lu 'ngigneri, propriu iddu.
Vicenzu Bozu era lu saristanu,
poi c'èra fra Niria e lu zu Turiddu,
facia li pulizii, cu so mugghieri.

Lu cugnomu un mi veni pi pinseri.

Lu fattu chi raccuntari mi è caru,
riguarda l'arcipreti don Vincenzu
Cusumanu, figghiu di lu nutaru,
bravu comu arcipreti, però pensu
essiri preti e bonu, è casu raru
sinnò chiddu chi fici, unn' avia senzu,
è 'na cosa di nenti, ma chi a 'mia,
canciau tutta l'ideologia.

Ogni mens'iornu, era compitu miu,
pigghiaricci lu pranzu a lu parrinu
e ci purtava lu beni di Diu
primu, secunnu, lu dolci, lu vinu.
Taliannu, iu spinnava di disiu,
mai 'na vota mi dissi: Giuvanninu,
senti, ma tu, stamattina hai manciatu?
Te stu pizzuddu di pani arristatu.

Era lu tempu tristi e malirittu,
quannu si salutava a la romana;
iu quannu avia 'nticchia di pani schittu,
accummirava 'na iurnata sana.
Comu un canuzzu, avia sempri pitittu,
la pasta, una o du voti la simana.
Lu pani biancu, l'avianu li ricchi,
nui aviamu carrubi o ficusicchi.

Turnannu a l'arcipreti, giustamenti
di tannu 'n poi, cuminciai a pinsari
e pensu ancora, ca un è veru nenti
di soccu dicinu supra l'altari;
si, prericanu beni, certamenti,
ma doppu sannu mali razulari.
Tantu iddi sannu ca cu agghiutti agghiutti,
va beni, tantu Diu pirduna a tutti.

"L'albero caduto" di Stefano Venuti

AD UNA MOSTRA DI PITTURA DI
STEFANO VENUTI

Dare un giudizio in merito o far motto
di critica non so acre o cortese
solo un povero elogio ai Giotto
e ai Sanzio del caro mio paese.

Dei freschi fiori l'olezzar ne sento
e della frutta in bocca il buon sapore.
In fondo ai paesaggi, il sentimento
vaga, si perde e in un incanto muore.

L'Attesa si impersona in Lei che attende,
mentre tristezza chi guarda rattrista,
 al dolce oblìo meditazione invita.

Gaia Letizia lieto il cuore rende,
ma negli umili luoghi ov'ebbe vita
vieppiù reclina l'animo l'Artista.

1947

BIG NATALE

Erano i tempi bui del dopoguerra,
  quando partisti clandestinamente,
  lasciando disperato la tua terra.

Eri giovane, forte e intraprendente,
  era la mèta tua tanto agognata
  l'America, il nuovo continente.

Lasciasti dietro a te una vita ingrata,
  gli amici, noi fratelli, i genitori,
  le tue bambine, la tua donna amata.

Ti attendevano là pene e dolori,
  emigrante, fuggiasco, clandestino,
  là nella terra dei conquistatori.

La conquistasti e fosti cittadino
  d'America, sfidando, e con valore,
  le avversità vincendo del destino.

Poi venne la ricchezza e lo splendore,
  la gioia, la famiglia riunita,
  benessere, altri figli, altro calore.

Pareva ormai che niente nella vita,
  quell'armonia potesse più turbare,
  ch'ogni contrarietà fosse finita.

Quando fulmineo venne a mancare
   Sammy, quel giorno triste, maledetto,
   parve nube squarciata il tuo tuonare.

Sammy! Bambino mio, figlio diletto,
   conquistare l'America che vale?!
   Sì colpito nel suo paterno affetto,

d'allor non visse più big Natale.

SANTINA

Di cinque fieri, indomiti fratelli,
tu la maggiore ed unica sorella.
Se padre e madre loro han fatto belli,
fecero te, di certo, la più bella.
Fuor dal paterno nido, come uccelli,
seguimmo ognun di noi la nostra stella,
che ci portò raminghi per il mondo;
la tua puntò verso il sud profondo.
    Era la tua dolce famiglia unita,
nella periferia palermitana,
poi a seguire l'uom della tua vita,
per una terra andasti, assai lontana;
laggiù, nella straniera ed infinita,
lussureggiante campagna africana,
sprezzante dei perigli, desti un saggio
di donna forte, di madrecoraggio.
    Fosti mamma felice e amata sposa,
circondata di affetto ed armonia.
Creatura sensibile e virtuosa
d'amore, di saggezza e simpatia.
Poi dolcemente lasciasti ogni cosa,
presto volasti al ciel, sorella mia,
lasciando vivo in noi tanto dolore
e il tuo dolce ricordo, che non muore.

C'ERA UNA VOLTA... GIACOMINO

Erano i primi mesi del 1947, si svolgevano in Sicilia le elezioni Regionali. A Cinisi, mio paese natìo, si doveva votare solo ed esclusivamente per l'Onorevole Giacomo Cusumano Geloso, detto "Giacomino" ovviamente di Cinisi, del Partito Monarchico. Orgoglio e vanto dei miei paesani, l'avere un Deputato alla Regione. A darle una mano giustamente, alcuni pezzi grossi, nostalgici monarchici tra cui il Principe Gianfranco Alliata, l'avvocato Leone Marchesano del foro palermitano e tanti altri.

Giustamente, c'erano pure tutti gli altri candidati degli altri Partiti. Tra i candidati per il P.C. C'èra un calzolaio: mastru Turi 'ncarcateddu che andava pavoneggiandosi ripetendo: sono candidato... sono candidato. Quella sera era in programma un comizio del Partito Comunista, si aspettava l'On. Pompeo Colaianni o l'On. Girolamo Li Causi, ma, non vennero mai. A parlare ovviamente, sempre, il segretario della sezione:Stefano Venuti: persona intelligente, ex confinato politico per antifascismo che, non temeva nessuno a Cinisi; nella terra degl'Impastato, i Manzella, i Badalamenti, i Di Maggio, ecc..., uno dei quali, spietato autore di non si sa quanti uccisioni, e scampato più volte ad agguati, vivo grazie al giubbotto antiproiettile che indossava sempre, ed andava dicendo: "fino che ci sono io, a Cinisi i comunisti non vinceranno mai". Stefano quella sera mi disse: Giovanni! Perché non fai tu un comizio? Risposi: io... e che sacciu fari comizi io! E lui: si che c'hai sai... ti sento quando parli in sezione! Perché non lo vuoi fare? E io: ma non è la stessa cosa, tu sai fari i comizi, sai cosa dire, io, che devo dire? – ma quello che vuoi, è come quando dici le tue poesie per strada, sui carretti per Carnevale, mentre a me, quasi non mi ascoltano più, si annoiano, tu prova. – Va bè dissi io, ci provo, ma fosse meglio no, sentirai che fischi.

Mi sporsi al microfono dal terrazzo e ci fu un vociare: guarda, guarda… Giuvanninu c'è… dai dai dicci quella di li surci (dei topi) no, no,quella di li 'nciurii (dei soprannomi), ed io: hue… ue… sta vota nun c'è né surci né 'nciurii, ci sunnu cosi serii, però, si vi stati zitti e boni, se no, scendo e me ne vado! vabbene?

Così si calmarono ed io pensai, che dovevo dire? Non ricordavo più niente, e neanche a quei tempi c'èrano le pause lunghe di Celentano. Menomale che mi risovvenni e cominciai: sentite amici e paesani, io ho lavorato in campagna e nei feudi, e la, ho conosciuto bambini che non conoscevano il pane, perché mangiavano biscotti e cioccolate (i figli e i nipoti dei padroni) ed ho conosciuto bambini che lo conoscevano

ma, non si saziavano mai di pane (i figli e i nipoti dei contadini e i giornatieri),

perciò io, non voterò mai per Giacomino ed i papaveri che ha attornu, ma, voterò e lotterò sempre per quei bambini che non hanno pane da mangiare, voi fate come vi pare ma, pensatici bene, ed ho finito… Salutamu a tutti!

Restarono tutti in silenzio, ma, sul terrazzo successe un putiferio, i compagni di partito a rimproverarrni, e a gridarmi: ma che ca… hai fatto… che c… hai detto! Ma che razza di educazione hai, quello è l'On. Cusumano, e tu lo chiami Giacomino? Che è tuo fratello? Che siete andati a scuola insieme? Specialmente mastru Turi 'ncarcateddu faceva per quattro, solo Stefano rideva ed era entusiasta, mi diceva: lasciali fottere! La sera tardi vennero due persone a casa mia, uno di loro io lo conoscevo, mi dissero: vieni con noi ti vuole parlare l'On Cusumano. Disse: andiamo, vediamo cosa vuole quest'altro. Mi portarono in casa di padre Geloso, lo zio dell'On. Un prete bonaccione che io conoscevo da quando bambino facevo il chierichetto, la, trovai l'On, che mi attendeva, io salutai e cominciai subito: Onorevole, se vuole che ci devo chiedere scuse me lo dica, che io... e lui: scuse quali scuse, di che cosa? – di averlo chiamato Giacomino, sa, io non avevo fatto mai comizi... - ma per niente anzi sei stato bravo e originale, complimenti, però, i miei amici si sono un po' risentiti, li hai chiamati "papaveri", e io ringalluzzito risposi: ma perché, cosa sono. Lui: lasciamo perdere, allora, dimmi come ti chiami, quanti anni hai, che scuole ci hai, che mestiere fai... risposte: mi chiamo Giovanni, ho venti anni, (ma ne avevo diciannove) quinta elementare, ho fatto e so fare tanti mestieri, per ora disoccupato; ma perché lo vuole sapere? Lui: bene, disoccupato, ti piace se ti faccio avere il posto alla Regione, di usciere, passacarte e poi pianpiano... tu sei un ragazzo sveglio... a questo punto parlò padre Geloso: Giovannino è stato sempre così sveglio, ricordi che mi combinavate in Chiesa quando facevi il chierichetto?

- Servivamo la Messa cantata io e un altro bambino, si chiamava Fifì Di Lorenzo, che poi è morto giovanissimo, padre Saputo con voce di baritono cantava, padre Geloso inginocchiato a un lato dell'altare, io e Fifì avevamo il campito di sollevarci di dietro la pianeta e ricalarla quando padre Saputo intonava un brano del Tantum Ergo o del Pange Lingua a cui padre Geloso rispondeva con un lungo: LE VA TE ,Fifì mi diceva: levati non senti che ti dice? Levati... io gli dicevo: finiscila! Se sen'accogge l'Arciprete ci rimprovera, padre Geloso ci guardava e sotto sotto si faceva grandi risate. Che tempi felici erano quelli!
Ci penso padre Geloso, ci penso, ma lei com'è che si ricorda ancora?
L'Onorevole aspettava la mia risposta, pensava forse che io gli dicesse: grazie, grazie e magari lo abbracciasse, a quei tempi, un posto alla Regione, quanto valeva? Io gli rispose: Onorevole, La ringrazio immensamente, ma non accetto, io non mi sento superiore a nessuno, ma non sopporto superiori su di me e alla Regione, da un capo ufficio a tutti gli altri li avrei avuti tutti superiori su di me. Ero stato in carcere purtroppo, e ricordavo quegli aguzzini delle guardie carcerieri, dai detenuti, volevano essere chiamati "superiore" se no, non ci davano conto, non tutti certo, alcuni li chiamavano "guardia".
L'Onorevole rimase incredulo e stupito: come, disse, sei disoccupato e rifiuti un posto di lavoro così? Non mi è successo mai! – Si Onorevole, la mia situazione personale la saprò risolvere da me sono uno spirito libero io, e lotterò sempre per i poveri come me, contro i padroni e i

papaveri, più tosto, mi permetta di dire a Lei che è una brava e bella persona di stare attento immezzo questi che, non mi piacciono per niente.

Giacomo Cusumano Geloso restò fortemente impressionato di quello che io gli dissi, dopo qualche tempo seppi che l'Onorevole Cusumano era morto, non ho saputo come e perché, penso solo che forse, abbia cominciato a rivoltarsi contro ai papaveri e siccome che sapeva troppe cose di loro, lo hanno accoppato come hanno fatto con Salvatore Giuliano, Gaspare Pisciotta e tanti, tanti altri. Ma quelli erano fuorilegge e banditi, Giacomino no.

È sepolto nel Cimitero di Cinisi, nella cappella di famiglia dei Geloso, ove c'è un grosso tabernacolo con sopra la sua fotografia. io vado la due volte l'anno a portare i fiori a mia madre e passandogli d'avanti, mi fermo a guardarlo. Non gli dico requiem aeternam, io sono un non credente, so coniarmi da me le frasi adatte, gli dico: " A te di oltre la vita – la dove tutto tace – nell'eterno silenzio – la serena pace." qualche volta, mi scappa la lacrimuccia.

MARCANTONIU

Sta vota, lu surpassu ci sarà! Togliatti dissi: supereremo sicuramenti sta buttana di Democrazia Cristiana e andremu a lu Guvernu. Avanti populu – a la riscossa – bandiera rossa – trionferà! Ma quannu mai... d'un latu: comizi, discussioni, zzùffi, scummissi... di l'autru latu: pricissioni, prèrichi, prumissi di posti, pacchi di pasta, raccumannazioni, amminazzi... Si vota... si vota: a Bologna vincemu... a Milanu pirdemu... a Torinu vincemu... a Napuli pirdemu... a Palermu pirdemu... a Roma puru.. ddà puru..ddà ???... ddà bbbooo... Risurtati: Democrazia Cristiana voti: 14.967.153... Blocco del Popolo voti: 13.798. 207!!! Minchia... pi' picca persimu... Ma perforza... li viristivu... 37 munacheddi scinneru di lu trenu e vinniru a vutari a Cinisi, vinianu di Partinicu, e prima eranu stati a Casteddammari, a Balestrati e a lu Trappitu... Minchia, capiti comu vinceru!... pinzati quantu voti li monachi vutaru 'nta tutta la Sicilia e 'nta tutta l'Italia...Pippinu carcarazza c'attintava:... E lu sapiti lu fattu di Palermu? Mastru Faru:... a già... tu va e veni di Palermu, chi successi ddà? Pippinu:... in piazza Pulitiama, 'na discussioni 'nfucata, tra un comunista e un demucristianu, ma forti però!... si furmau 'na rota di cristiani a sentili, ma stavano arrivannu a li manu!... la genti facìanu l'applausu anticchia a unu, anticchia a l'autru; poi, lu comunista cuminciau a cèriri, fina ca, un ci sappi rispunniri cchiù e si nnì jiu... doppu, li vittiru 'nsemmula a lu bar di la Stazioni Centrali a manciari e riri. Eranu tutti rui democristiani. Poi pigghiaru lu trenu e parteru pi' n'autra città, pi jiri a fari la stissa scena.. Mastru Faru:… figghi di buttana! Li sturianu tutti… nun ci putìa pascenzia… lu populu è gnuranti! Si fa pigghiari pi' fissa!... Marcantoniu:… ma quali populu… picchì lu populu… mastru Faru: picchì? Ti lu dicu iu picchì: picchì lu populu è incoltu! È comu si tu hai un pezzu di tirrenu, si lu cultivi ti rendi, si 'nveci lu lassi gerbu, ti criscino jrbazzi e spini, lu capisci? Marcantoniu:… No! Mastru Faru: porcu di lu mascingu… ma picchì nun lu capisci!... Marcantoniu: picchì iu stu pezzu di tirrenu nun l'haiu!

TANU PERCIABIGLIETTI (in ricordo)
(LA SFIDA)
IO: Lu gran pueta ammuntuatu e forti,
cu siti vui Tanu Perciabiglietti;
chiddu ca va firriannu porti porti,
dicennu puisii? o su barzilletti!
Ora viremu comu ti cumporti;
difenniti, rispunnimi, chi aspetti,
ca si li cosi nun mi vannu storti,
ti fumu ausu pachettu i sicaretti!

     Tanu sbalurdisci

DI NUOVO IO:
Però, stattentu sai, ti raccumannu,
è bonu chissu, diritillu prima:
giusti risposti tu m'a ghiri dannu,
prescisi, uguali ed hannu a fari rima!

     Tanu sturdisci
    balbetta; discini nautra

ANCORA IO:
Poviru scemu, chi t'hai misu 'ntesta,
ca si pueta, ca si un granni artista?
Dicci cu' si, disci na' cosa onesta;
un poviru, mischinu 'ntrallazzista!

     Tanu balbetta: ancora,..

discini nautra... ancora...

INVECE DI VERGOGNARMI, HO CONCLUSO E VINTO IO.

A quantu pari, autru nun sai diri...
...discini nautra...discini nautra ancora;
amici mei, facitimi un piaciri,
pigghiatilu e purtativillu fora!

Mi ero preparato a questo incontro e sapendo che Tano era un bravo improvvisatore, pensai di prenderlo alla sprovvista, non dandogli il tempo di riprendersi, ed è andata così, sorpreso, non è stato in grado proprio di rispondere.

Mi è andata bene, pure perché in quella festa di ballo in famiglia, come allora si usava, c'èra invitata la ragazzina che corteggiavo e volevo conquistare; mi scanzai di fare una figuraccia con lei.

Incontrai Tano, dopo alcuni giorni sul treno, dove pure io viaggiavo, gli dissi: Tano, mi deve scusare, io non volevo, sono stati gli amici ad incitarmi a sfidarti; infatti era vero così. Tano mi ha abbracciato e baciato dicendo: no-no sei stato bravo veramente, io...io non sapevo che tu....davvero, ti dico che sei bravo e mi fa piacere e sono contento. Ci siamo salutati da amici, poi non l'ho più visto; dopo qualche tempo ho saputo, con mio grande dispiacere, che Tano perciabiglietti era morto. Ho pianto. Correva l'anno 1948.

LI NESPULI SENZA OSSA

Picciotti, èramu iu cu' me' cumpari,
'nna lu misi di maggio, locchi locchi
chi turnavamu di li Maghagiari,
di farini lu bagnu 'nna li rocchi
a la scalidda e ad abbaragghiari
di fami, 'un ci viriamo cchiù di l'occhi
però, vittimu ddà 'nni lu 'zu Turi
un'arvulu di nespuli maturi;

satàmu lu sticcatu e abbrancicamu
comu scuiattuli supra ddù peri
di ddi nespoli fatti e 'nn'abbuffamu
'nta du' minuti e..... "prima chi succeri
chi veni lu patruni, via! Scappamu"!
"Ch'eranu duci! Ci scattiassi arreri",
ci dissi, "iu mancu ci livava l'ossa"
e me cumpari: "picchì avianu ossa"?

LU SCECCU DI LU SCINISARU

(La forza di l'abbitudini)

Lu scinisaru, a lu sceccu c'havìa, si misi 'n testa d'abbituallu a stari senza manciari e, a cu' ci dicìa: – nun è pussibili, - ci rispunnìa: è questioni d'abbitudini e vidiriti tutti ca ci rinesciu. Tutti ririanu e lu pigghiavanu pi pazzu, ma iddu sicutava tranquillu a nun dari cchiù a manciari a lu sceccu. Doppu un pocu di jorna chi nun manciava, lu sceccu si curcàu 'nterra e murìu. Tutti a gridaricci: - ci arriniscisti ad abbituallu senza manciari?!! E iddu, 'ntiligenti comu tutti li scinisara, iu cumpresu, rispunnìa: certu ca ci arriniscivi! – Ma, si morsi!!! E iddu: ma iu nun haju dittu mai di abbituallu a campari senza manciari!!! E avìa ragiuni! Infatti, a Terrasini c'è un dittu chi dicinu li fauruttàra: "Lu scinisaru havi sempri ragiuni".

LA FUJITINA

A Cinisi, di matina
propriu a li quattro canti
ci fu 'na fujtina
'n menzu di tanti e tanti.

Burrasca era lu zitu,
poi: Turi, Cicciu e Cola
pi fujsi pi' Vitu
a Faricchia Mazzola.

Tutti quattro aspittannu,
pronti già la "balilla"
Faricchia sta arrivannu,
pronti a fujirisilla.

La fimmina birbanti
lu zitu canuscìu.
però camina avanti,
Burrasca la siguìu.

Mentri cu' sinn'adduna:
Jacuzzu Binnardinu
dittu: lu malantrinu,
ddà, pi' mala fortuna;

e chissu ccà, fu abili
criari la ruttura;

stu strunzu misirabili
fici sta' ran bravura.

La cosa si 'mpirugghia
e mala piega pigghia,
e a scunzari li brigghia
scinnèva 'na pattugghia

nnà tuttu ddù bisticciu,
Faricchia chianci e strilla,
 scàppanu: Cola e Cicciu
già dintra la "balilla"

e chiamanu a Turiddu:
curri ccà, scimunitu!
junti a stu puntu Vitu
si nnì scappà puru iddu.
Purtaru, doppu anticchia
nnì la za' Sarafina
a so' figghia Faricchia
e finìu la "fujitina".

L'AGGUATU MURTALI

Don Piddu Coppula, a ddu tempu era
omu d'onuri 'ntisu e rispittatu:
lu capu mafia di Malavannera.
  Si 'ci avia misu contro e ribbillatu
Turi Birritta, un gravi e grossu sgarru!
Pi' cui, don Piddu l'avia cunnannatu.
  A Ciccu Giarnu ed a Niria lu sbarru,
chilleri carinisi e cinisara,
don Piddu dissi: cu' vuatri parru!
  Carricati li scupetti a lupara
e gjiti a futtiri a Turi Birritta,
pi' quantu, cu' cù avi da fari... 'n mpara!
  Di ccà, pigghiati la trazzera ritta
e gjiti fin'a lu sparti stratuni,
unn'è dda rocca e c'è la curva stritta;
  di dda iddu passa cu' lu so' furguni
carricatu di brocculi ogni sira,
vui v'appustati arreri lu ruccuni,
  l'urariu esattu, chi passa, s'aggira
versu li setti sempri puntuali;
mi raccumannu: 'un sbagliati la mira!
  Sìssi!... ci rispunneru ddi du' armali!...
E parteru cu' vintreri e scupetti,
ma poi, nun eranu tantu bistiali.
  Tò, stamu attenti, su' quasi li setti,
iu ci sparu di ccà comu lu viru,
tutti du' corpa! Tu, d'unni ti metti...

64

-e iu misu di ccà, l'haiu sutta tiru…
nun po' scappari… comu arriva… sparu!
Mancu ci dugnu tempu d'u' rispiru!
……. Ma, 'n tantu 'un veni... li setti passaru,…
……. Su' quasi l'ottu… e ancora nun lu vìu…
- lu mancu… mah,…… li novi già sunaru…
   Chi ci successi cosa? 'nzà mà Diu
 si fu orchi cosa tinta… no, mischinu…
spiriamo Beddamatri… o chi carìu?…
   Cicciu, amuninni… c'haiu lu trimulinu…
- lu puru… prestu, amuninni Nirìa…
- ca 'un ciàviamu a sparari era distino!..
   Poi, stu Turi Birritta, né chi a mmia
aveva fattu nenti, un sacciu siddu
lu curaggiu a spараricci iu l'avìa
- Si, però ora,… va senti a don Piddu!
E chi fa, ci la caca? Scinisaru
viri ch'iu sugnu, e nun mi scantu d'iddu!

Capumafia com'è,… 'n-testa ci sparu.

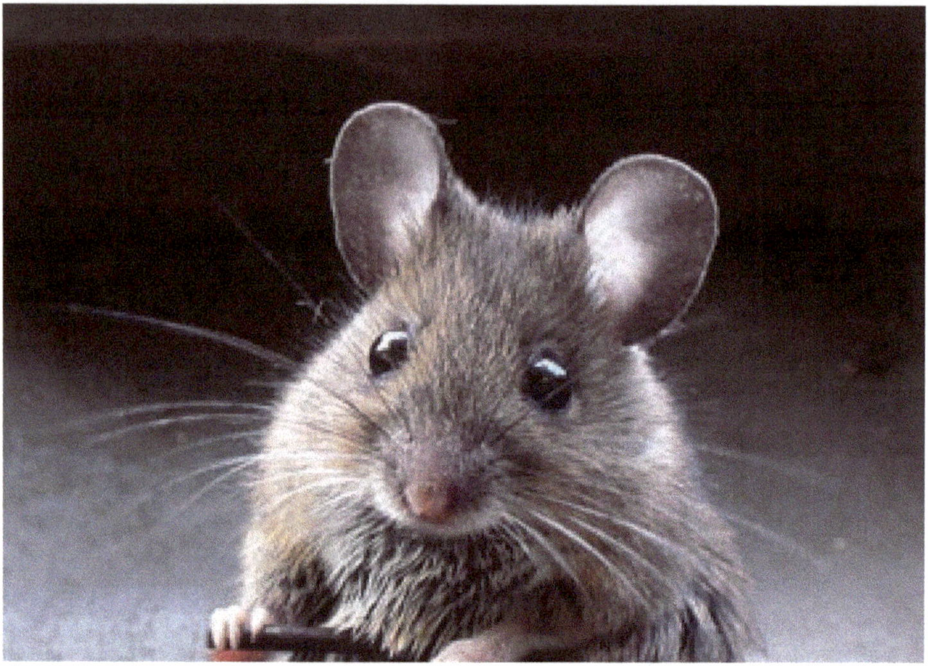

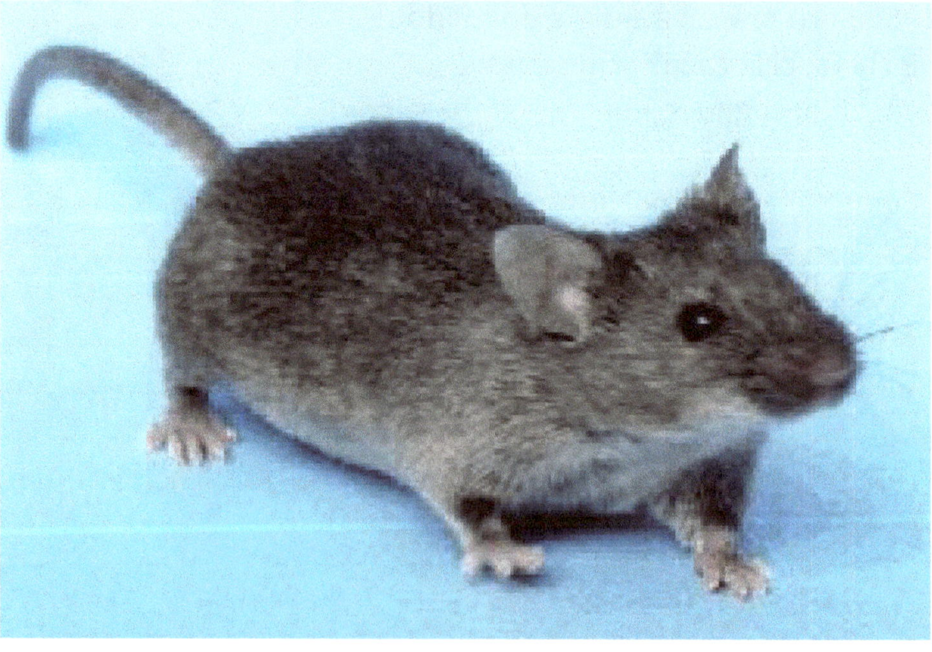

LI ME' SURCI MATTI

Amici mei iu vi raccuntu un fattu,
si 'un 'ci cririti a grirari mi mettu,
pi causa ca mi morsi lu attu,
'nta la me' casa 'un appi cchiù risettu,
ora avi assai, staiu divintannu mattu,
ca li surci mi juncinu a lu tettu,
mi custrinceru di faricci l'attu
di la casa, li mobili e lu lettu.

C'era lu attu e 'cinn'eranu assai,
'mmaginativi ora, amici mei,
quant'è chi sunnu 'un si capisci mai,
picchì ogni surcia 'nni fa cincu- sei,
e iu mi trovu 'ntra li veru guai,
'mmenzu di st'armalazzi farisei,
'un sacciu com'è chi mi cunsumai,
ca paci un aiu cchiù, comu l'ebrei.

Ora vi cuntu chiddu chi mi fannu,
ca un aiu paci nè notti nè ghiornu,
su' sempri in giru chi vannu firriannu,
si quarchi cosa pircacciari ponnu,
e si 'un trovanu nenti, 'un sinni vannu,
ma mi li viu girari tutti attornu,
arrabbiati e forti vuciannu,
picchì di mia lu manciari vonnu.

Di li voti mi smovu a cumpassioni,
ca macari mi parinu mischini,
e cci v'accattu du' cusuzzi boni,
tumazzi, cascavaddi, furmaggini,
ma chissu è corpu di cumminazioni,
picchì comu hannu poi li panzi chini,
mi fannu veniri la cunfusioni,
e 'ddannu mi nni fannu senza fini.

Cu' si nn' acchiana 'nta lu cantaranu,
cu' si va 'nfila 'ntra li matarazzi,
li rossi rossi chi fannu baccanu,
pari 'dda dintra 'na casa di pazzi,
'c'è cu mi fa li corna di luntanu,
autri s'afferranu pi' li mustazzi,
tuttu stu manicomiu sanu sanu,
è pi' lu preu picchì ca sunnu sazzi.

Poi nun vi cuntu chi fannu la notti,
quannu ca di li tani escinu tutti:
si mettinu a vuciari e a fari botti,
a scrussciri pignati e piatta rutti,
s'azzuffanu a muzzicuna e cazzotti,
cacanu, piscianu e ghiettanu arrutti,
e la matina quannu apru li porti,
trovu ca ccè tutti cosi distrutti.

Ma 'un ci su sulu surci scanazzati,
cc'è puru surci di bona crianza,

si dunanu aria di altulucati,
tennu cu' l'autri 'na certa distanza,
vi parlu doppu di li laureati;
cci su' surci mafiusi, ossia di panza,
comu li umani palluna unciati,
mostranu ognunu la propia 'mpurtanza.

'Na surcia chi forsi era la suprana,
ca 'mpettu a l'autri paria 'na baruna,
niscia 'nta lu spissu di la tana
e jia firriannu comu na' patruna;
comu puteva fari, stà buttana,
ca di li voti, unu mancu arragiuna,
di futtisi un cileccu la simana,
senza lassari mancu li buttuna!

'Ci 'nn'era n'autra chiamata Marfisa,
chi s'jia annacannu tutta casa casa,
cu' chissa n'affirramu a menzaprisa,
ch'era linguta, sciarrera e vastasa,
pi' diricci c'avia la nasca tisa,
'na sira chi nun mi truvavu 'ncasa,
m'arrusicau du' magghi, 'na cammisa,
tri muccatura e 'na parrucca rasa!

Ci su' surci avvucati e prufissura,
ci hannu lu Jurici e lu Cancilleri,
li vecchi vecchi cu' la testa dura,
sunnu tutti assissura e cunsiggheri,

69

c'è un surci vecchiu c'un metru di cura,
ed a chistu cci dicinu 'ncigneri,
picchì fa sempri spirtusari mura
e arrusicari mobili e purteri.

Si riuneru un gnornu 'ntà un sularu,
cunsiggheri e assissura in gran divisa,
cunsigghiu tinniru e poi mi chiamaru,
mi dissiru: la cosa è già dicisa!
Di carriari di casa mi urdinaru!
Signori mei, grapitivi la 'ntisa,
ca tanti a 'mmia li nervi m'acchianaru,
ca pi' tri ghiorna happi vomitu e scisa.

Ma quannu parsi a'mia mi diciruvi,
dissi, sta vota la fazzu finuta,
o iu mortu e tutti iddi vivi,
o viciversa, si sorti m'aiuta;
un marrugiu a li manu mi mittivi
e cafuddai, a spiranza pirduta,
a 'na vintina d'iddi li curpivi,
chi mi paria chi già l'avia vinciuta.

Mentri la forza mi sintia di un mulu,
un surci m'acchianau vraca vraca,
e mi cafudda un muzzicuni 'n culu,
ca lu duluri ancora nun m'abbaca,
mi scuragivi, ca mi vitti sulu,
nn' havìa centu acchiappati a la bunaca,

scappai tuttu suratu e ancora sculu,
poviru culu meu ancora si caca!

Addivintaru tutti camurrista,
di tannu 'm poi lu facianu apposta,
già, comu li mafiusi e li fascista,
a farimi disprezzi sensa sosta,
eranu peggiu di li cumunista
quannu vinianu cu ddà facci tosta,
e 'un vi cririti ca sugnu un pallista,
vi staiu dicennu chiddu chi mi costa.

Vi dicu l'urtima e poi mi ritiru,
pruvati ancora si sugnu sinceru,
a diri fissarìl iu nun mi firu,
picchì propriu nun è lu me' misteru;
un surciteddu nisciutu di niru,
ca s'era deci grammi siddu è veru,
mi 'nni fici una, ca cci pensu e riru,
ma tannu santiai pi' un gnornu interu.

Sparti la menti mia sempri suspetta,
vigila sempri sutta la parrucca,
ma quannu unu 'na cosa 'un si l'aspetta,
'nta certi 'nganni sempri 'ci trabbucca,
lu fattu: avia sulu 'na sicaretta,
ma comu fici, stu facci di furca,
mentri chi iu la circava 'n sacchetta,
viu a iddu chi currìa e l'aveva 'n mucca.

Allura, tuttu 'nta un corpu mi susu,
dicennu: si t'acchiappu ora ti vasu,
cci 'ncocciu appressu tuttu furiusu
grirannu: fermu...!!! curnutu e vastasu!
Ma iddu fu di mia cchiù spiritusu,
iu dissi:'nta dd'agnuni ora lu 'ncasu,
nnamentri si va 'nfila 'nta un pirtusu,
e iu arristai cu' tri parma di nasu.

Aviti 'ntisu quali su li fatti,
soccu mi fannu st'armalazzi brutti,
cu iddi nun si pò scinniri a patti,
né cu li boni aviri boni frutti;
ma v'assicuru ca su cchiù cumpatti
di li nostri politici... di tutti
Sulu ca chisti, nutricannu atti
ed autru, ponnu essiri distrutti.

Ma chisti sunnu li me' surci matti,
e ccà finisciu e... salutamu a tutti!!!.

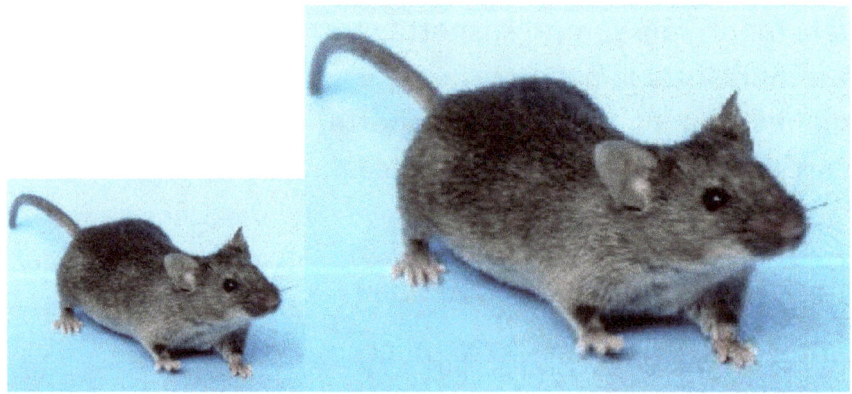

72

SPITTACULARI MUNZEDDU DI JATTI

Osservu cu' 'ntiressi assa' curiusi
'na gran lizioni di matri natura:
la me' jatta figghiàu quattro jattusi,
tutti di quattro diversi culura:
bianchu-grigiu-marrò, lisci, pilusi,
una niura giuitta razza pura,
cu' pirfizioni, a la prima cuvata
comu, s'avissi nasciutu 'nsignata,

sciglìu lu postu, prima, 'unn'illi a fari
'unni, chi nuddu ci puteva jiri
e nuddu ci puteva avvicinari
quannu li fici, e lu facìa capiri!
Poi, comu li puliziava ,a liccari,

cu' quanta maistrìa nun si cci criri,
idda sula, accussì, mamma e mammana;
matri natura, mistiriusa e arcana!

Crisceru tutti, beddi nutricati,
'nsemi a un jattusu estra cumunitariu
E, quannu jocanu, sù ddì scinati:
un palcuscenicu senza sipariu!
Poi, tutti 'n semi a sucari appizzati
'n terra a la matri cu' li ammi all'ariu;
spittaculari munzeddu di jatti
ch'iu fermu cu' fotogenici scatti.

LU NONNU BISNONNU

Si chiamava accussì: - lu 'nnonnò patri Vanni
Sin'a quannu sinn'ì, - havia quasi cent'anni.
Era un'omu all'antica, - di 'na buntà 'finita,
superbia nica nica, - e sensu di la vita.
Ranni filusufia, - dovuta a la 'spirienza,
pi' chiddu chi sapìa, - u' strattu di scienza.

Amicu benvulutu - di granni e picciutteddi,
sapìa c'haveva avutu – vintitrì niputeddi,
figghi di li so' figghi - e di li so' niputi,
tisori e maravigghi – chiamava, e cucucciuti.
Ma iddu era chiamatu: - prufeta di campagna,
di tuttu 'u viscinatu, - di 'u sciumi a la muntagna.

Bisnonnu, assà mi dici - chi fa, chiovi dumani?
Iddu taliava 'n celu - e tastava li mani:
in autu c'è gran ventu - ma dumani è sirenu,
scirbati lu furmentu, - mititivi lu fenu.

Nonnu bisnonnu, - 'chi granni svintura:
'u furmentu nun spica - e la quagghia nun canta
e semu a la fini di maggio!
E iddu: ma no, - 'unn'ati aviri paura –
ricordu... lu milli - ottucentu sessanta...
E ognunu pigghiava curaggiu.

Nonnu bisnonnu, - stu tempu che avaru...

semu quasi a Natali, - e ancora nun chiovi,
e ancora 'unn'hamu aratu e siminatu!
E iddu doppu d'aviri pinsatu:...
ricordu... si, fu a lu sessantanovi,
ca tannu'un chiuvìu, siminamu a jinnaru,
fu annata bona chi s'arricugghìu
perciò, stati tranquilli, pensa Diu.
*

Poi lu bisnonnu un jiornu sinn'ì jiu
Si nn'jiu senza chi a nuddu salutau,
e quasi nuddu pi' iddu chianciu,
picchì cu' iddu un munnu tramuntau.
E tanti di ddì cosi 'un ci su 'cchiù,
ormai appartennu a lu tempu chi fu.
  Oggi, si chiovi o nun chiovi dumani,
a diritillu su li privisioni
li vecchi e li bisnonni su in prigioni:
'nnà casi di riposu pi' l'anziani
  si quagghia 'un canta, e frumentu nun spica,
o si a Natali lu tempu nun chiovi,
di cu' ricorda,'un c'è bisognu mica
l'annu sessanta, o lu sessantanovi.
  Lu novicentu, si jiu supra la luna,
a lu duemila, su' l'autri pianeti,
lu munnu gira forti, e tempu 'un duna
nianchi a li scrittura e a li pueti,

di scriviri li eventi, e 'cchiù nun ponnu
scriviri di lu nonnu e lu bisnonno.

LI TEMPI DI ME' NANNA

Zà Rusulia, quant'anni havi v'ossìa?
-Quattru vintini e quattru, figghi mei;
me nanna a li picciotti rispunnìa,
quannu di annuzzi iu 'nn'aveva sei.
E comu un mantaciu, quannu parrava
 lu nasu lu carozzu ci tuccava;

picchì 'n m'ucca 'un' havìa cchiù nuddu denti
e a masticari la virìa suffriri
ma l'occhi l'havia boni veramenti
e mi ricordu ca, tutti li siri
a lustru di cannila e a lu braceri
senza l'ucchiali liggìa li prjèri.

Ma, pi quant'anni su comu facemu?
Ci ripitianu li picciutteddi;
-facemuni lu cuntu, e lu viremu,
vuiatri jiti a la scola, figghi beddi
iu 'nveci no, vegnu di n'atra era,
a li me' tempi scola nun cinn'era.

"Su quattru voti vinti cchiù di quattru",
ed' a li tempi mei la scola c'èra
fannu quantu li mei: ottantaquattru
ora, li cosi su a n'atra manera:
li denti, nn'haiu ancora 'na vintina
picchì ora mi li lavu ogni matina,

e manciu tuttu! Soccu piaci a 'mia!
Li megghiu cosi boni, in abbunnanza!
Ma me' nanna, mischina, soccu havìa?;
spissu pi fami... duluri di panza!
e leggiu e scrivu senza l'ucchialini
picchì mi misiru li cristallini.

L'anni nun sunnu comu li dinari,
ca... ti li po' arrubbari la muggheri
quannu tu dormi e si duna da fari,
e portafogghiu e sacchetti arrisceri
perciò 'un capisciu picchì l'è cuntari,
ne sta surisfazioni, a cu' l'è dari;

...pi' diri quantu su' a cu' mi dumanna?
...Nun semu cchiù a "Li tempi di me' nanna".

AMARCORD
(*TURI CASCIOLO*)

Erano gli anni 40°, Turi Casciolo reduce dal fronte Russo, tornò al suo gregge, come lui scrisse, al suo paese natìo: Salemi. Al gregge di famiglia, accudiva il padre, Francesco Paolo, lu "curatulu" ed io lu "picciottu".

Tra me e Turi, nacque presto un'intesa di amicizia e simpatia, eravamo entrambi amanti della poesia, per la qual cosa, Turi, cominciò a portarmi opuscoli e libricini di poesie in dialetto, quali: "Lu tuppi-tuppi", "La sogira e la nora" "Lu medicu riversu"e tanti altri, che io, contentissimo, leggevo e imparavo a memoria avidamente. In seguito, portò una meravigliosa Antologia di poeti italiani, che leggevamo insieme, cosi, ho cominciato a conoscere i grandi poeti come Dante Alighieri, Guido Cavalcanti, Guido Guinizzelli, Cecco Angiolieri, Francesco Petrarca, Ludovico Ariosto, Torquato Tasso, Aleardo Aleardi e tanti altri che erano in quell'Antologia. Poi, sentivamo il bisogno dei loro e di altri grandi Poemi, e, con la Divina Commedia, arrivarono: l'Eneide, l'Iliade, l'Odissea, abbiamo letto persino quei noiosissimi "Annali" di Tacito, andando ogni giorno con le pecorelle al pascolo. Quei grandi poeti, sono stati i miei primi indimenticati Maestri, devo dire, grazie a Turi Casciolo, che aveva la seconda elementare e lui, grazie a me, che avevo la quinta elementare, nella quale, ebbi la fortuna di avere avuto a Cinisi un gran bravo insegnante, il Maestro A. Puleo.

DALLA RUSSIA CON AMORE

Spesso Turi, poggiando il mento sulle mani appoggiate alla verga, *"Come pastor poggiato sulla verga / perché poggiato sulla verga serve"* (Dante Alighieri) restava pensieroso e triste un po' di tempo, e poi cominciava a cantare sottovoce una canzone che potremmo ora chimare: *"DALLA RUSSIA CON AMORE"* io risentendola tante volte l'ho memorizzata, e non l'ho più dimenticato:

Dasfidania...
Crepita la katiuscia...
Ciao Malenka
bambina del mio cuor...

Niema klieb
niema cuccurusa...
Italiaski dopra karasciò
E nisnai
E né pugnimai...
Italiaski
dopra karasciò...

Così i bambini e la bambine russe
cantavano piangendo,
con le manine giunte, inginocchiate
dinnanzi a noi, soldati vincitori
sul sacrosanto sovietico suolo!

Italiaski dopra karasciò;
noi eravamo gl'italiani buoni,
non come i brutti, cattivi germaski,
che pur su quell'innoccenti creature,
sparavan raffiche e incuranti sopra
ci passavan coi loro carrarmati
come feroci bestie disumane.

Qual male lor ci avevano mai fatto?
Chi e perché, la ci avevan mandati?
Qual di razza dannata inmonde bestie
quel potere èbbero? E perché, noi tutti
contro di lor non rivoltammo l'armi,
Che in mano loro stessi ci avean dati?

Ho fatto tutto quello che ho potuto,
per tornarmene al dolce mio paesello,
al mio lavoro, al pacifico gregge
e penso: quando, i popoli del mondo,
stupidi, finiranno di ammazzarsi,
ed esser sempre tutti quanti amici?

Ai storici, ai studiosi la risposta;
io sono solo un semplice pastore,
con la seconda scuola elementare,
che non finirò mai di ricordare
quei tanto cari, miei bambini russi.

Dasfidania miei karasciò malenki!

Turi Càsciolo si innamorò poi veramente di una
gran bella ragazza, era vedova, si chiamava
Pina Vitale. Ma lei, pur piacendogli:
"Turi, oltre la spiccata intelligenza, era
un gran bell'uomo, bruno, baffi e sopraciglia
folti e neri, un tipico, aitante siciliano",
lei dicevo, non gli disse mai di si, praticamente,
lo rifiutò; c'èra in lei qualcosa che non si capiva,
e Turi, ferito nel suo orgoglio di maschio,
gli scrisse questi rabbiosi versi:

LO SMACCO

Vergogna che d'innanzi ognor mi vegna,
fallo che feci a dir che amor m'accese
di te, che del mio amor non eri degna.

Amor lo fece e fu tanto cortese,
quale fu Armando Duval a Margherita,
che la di lei bellezza le rese.

Ma tu, donna crudele e d'infinita
superbia piena, a chi ti donava
tutto il suo amore, il suo cuore e la vita,

hai detto no, perciò ti dico brava,
e ti rispondo che a un amante ardito
quale son io, lo smacco tuo non grava,

la troverò più bella, ed ho finito.

Turi Casciolo

Salemi anno 1943

*   *

Pina Vitale era di Cinisi, abitava a Terrasini
con la madre e nascondeva in casa
clandestinamente il famigerato bandito
 Salvatore Giuliano, con il quale ebbe un figlio.

Ecco la ragione, si è saputo in seguito, per cui
rifiutò Turi Casciolo.

INTERMEZZO

Si suol dire: successe un quarantotto... in effetti, successe un quarantatre. In quell'anno, avevo 15 anni, in quelle pacifiche campagne tra Salemi, S. Ninfa, Castelvetrano, Gibellina (vecchia), Calatafimi e Vita, non c'èra più niente di pacifico. Si vociferava lo sbarco degli americani in Sicilia; in quella zona, brulicavano truppe tedesche negli accampamenti sotto gli ulivi, io, ignaro pastorello mi ero innamorato di Maria di mastrAndrea (vedi Poesie d'altri tempi) una diavoletta di bambina, il mio primo, indimenticabile amore. Mio fratello Natale di tre anni più grande di me, faceva l'intrallazzista, si diceva allora, cioè, viaggiando col treno tra Salemi – Cinisi e Palermo, ove era il tempo della grande fame, raccoglieva di qua presso i contadini nei "bagli" e i casolari di campagna: cereali, frumento, fave, altri legumi e uova, formaggi e ricotta e portava di la: sapone in grossi barattoli, a Cinisi c'era una fabbrica: Ruffino, e poi, indumenti, che comprava a basso prezzo nei mercatini di Palermo: Capo, Ballarò, ecc... ed altre cose che servivano e ci   chiedevano i contadini.

Una mattina di primavera di quell'anno, gli accampamenti tedeschi aggiornarono sgombri e vuoti, i soldati tedeschi erano scomparsi come per incanto, lasciando in'infinità di munizioni, armi e indumenti. C'era soltanto un tedesco, forse un graduato marconista che trasmetteva, al quale, mio fratello Natale, impudentemente gli gridò: scappàti aah... vi cacàti aah... quello impugnò la pistola e sparò un colpo a mio fratello, che, scansandosi, fu colpito di striscio nella fronte, cadendo a terra stordito. Dalle montagne di S. Ninfa, scendevano intanto già le colonne autoblindate degli americani verso Salemi. Portammo mio fratello sanguinante, a dorso di mulo, verso lo stradone, per caso indossava un paio di stivalette gialle rubate ai tedeschi, per questo, i soldati americani credendolo un tedesco, corsero co le armi spianate. Menomale che uno di loro gridò: uè... uè... chi succeri 'cca! Era un figlio di siciliani, che spiegò tutto agli altri, così lo medicarono e lo portarono a Salemi, ove ci chiesero: perché il tedesco ci aveva sparato, lui ci rispose che era saltato addosso al tedesco in una postazione antiaerea mentre sparava con la mitragliatrice agli aerei americani. Così verbalizzarono e lasciarono nella segreteria del Comune di Salemi.

Anni dopo mio fratello in America clandestino arrestato, raccontò questo alla polizia americana, che non ci credeva, io, mi son fatto fare dal Comune di Salemi copia del verbale fatto dai soldati americani e glielò mandato, la, hanno riunito una commissione e con carte topografiche hanno accertato che realmente c'era la postazione antiaerea dove ci diceva mio fratello. Lo hanno liberato e ci hanno dato la cittadinanza americana e a momenti, una medaglia, ma questa è un'altra storia.

UN PIACEVOLE ANÈDDOTO

In quegli anni in cui facevo il pastorello, nelle meravigliose campagne tra Salemi, Santa Ninfa, Vita e Calatafimi, prov. TP, lontano dalla mia famiglia che stava a Cinisi prov. PA. Ogni tre-quattro mesi, mi mandavano a casa, ove portavo un po' di legumi e frumento e pochi soldi che mi davano i "padroni"così allora si chiamavano. Prendevo il treno alla stazione di Salemi, e una di quelle volte, arrivato il treno ad Alcamo Diramazione, salirono sullu vettura di terza, una diecina di ragazzi studenti, schiamazzando, provenienti dalla linea di Trapani. Questi, mi "squadrarono" dalla testa ai piedi; io, sembravo senz'altro un selvaggio: capelli folti e lunghi da quattro mesi, malvestito e credo, non facevo un buon'odore, perché, nessuno di loro volle sedersi a me vicino, e cominciarono uno spiacevole sfottè nei miei confronti. Io, li lasciavo fare e no gli davo conto; erano quasi tutti della mia stessa età, sedicenni, probabilmente figli di papà, e mi sentivo in grado e capace di prenderli a schiaffi. Uno di loro finta che non si era accorto, andò per affacciarsi, pestestandomi il piede, ci disse: non mi pestare lo piede! Una unanime risata, a dire: lo piede – lo piede... in italiano parla... uno mi disse: parla... parla in italiano...

Risposi: ma co' voi non conviene manco aprire le labbia! Un'altra fragorosa risata, tutti a dire: le labbia.... Le labbia... mi alzai, pensarono: è ora... io invece disse: levatevi, devo andare a pisciarre! E tutti: ahahaha...

Come con due erre – con due erre?.... mi voltai serio e ci dissi forte: no... con la mi....... Ammutolirono tutti, non se l'aspettavano. Tornai dalla latrina, appoggiai una mano al ferro dei portapacchi e laltra in fianco e cominciai a verseggiare così: S'io fossi foco arderìa lo mundo. Chi scrisse questo verso? Non rispose nessuno. Cecco Angiolieri diss' io, e seguitai: Se sapesse Ercolan, dove le labbia – pòn quando bacia Lidia, avrìa più a schifo – che se baciasse un cul marcio di scabbia. Sapete di chi sono questi versi? tutti attòniti, nessuno rispose; io ancora: Da tutte parti saettava il giorno – lo sol c'avèa con le saette conte – di mezzo al ciel cacciato 'l Capricorno. ... questi?... uno disse: Ca... ca.. Carducci! No caro... Dante Alighieri! E questi altri: Il mese in cui cupìdo scoccar suole – lo dolce strale che lo cor ferisce. ... Allora? E il solito: questi si,... di Dante Alighieri... No caro, questi sono versi miei, un sonetto che ho scritto al mese di Aprile. Erano esterefatti! Si accalcarono a scendere a Castellammare, il più alto di loro disse guardandomi: che sei poeta tu? Risposi: no... sugnu un picurareddu, ma vuatri siti 'na carpata di pudditri, lo sai chi sono li pudditri? Sunnu li sciccareddi quannu su' nichi, poi quannu crisciti addivintati scecchi

86

grossi!... ciao...   Finì con un applauso di tutti gli altri passeggeri che erano nella vettura.

UNA FINE MISTERIOSA

Torniamo a Turi Casciolo: dopo questi fatti, nella suddetta zona, armati con le armi lasciate dai tedeschi, si formarono bande di malfattori di ogni genere, abbondarono rapine, abigeati, furti, sequestri di persona ed altro, persino, un'assalto al trenino che, dalla stazione ferroviaria di Salemi portava verso S. Ninfa, i paesi del Bèlice fino a Sciacca, per la qual cosa, cominciarono i rastrellamenti dei Carabinieri e gli arresti.   Questi fatti probbabilmente coinvolsero anche Turi, primo, per difendersi, e ne aveva la capacità, poi, chi lo sa... Lultima volta che l'ho visto, aveva una grossa pistola tedesca, era una "mauser" mi disse che le si inceppava e mi pregò di darla a mio fratello per portarla a farla riparare a Palermo, dalla rinomata armeria Aiola, che io puntualmente ho fatto. Quando la pistola è ritornata riparata, l'ho cercato ma non l'ho più trovato.

Venne a cercarmi un suo parente di S. Ninfa, mi disse che Turi aveva incaricato lui per ritirarla.

Non l'ho più rivisto. Dopo qualche mese, l'ho sognato, mi diceva: vai da mia madre, digli che per ora non ci posso andare, lei lo sa perché. Svegliandomi, rimasi impressionato ed esterrefatto di quel sogno, che ricordavo chiaramente.

Andai da sua madre: la "gna Rosina Leone" detta: "la valintina" le raccontai il sogno, lei abbracciandomi piangendo dirottamente mi diceva e ripeteva: mi l'ammazzaru lu figghiu meu... mi l'ammazzaru!

LETTERA APERTA A PEPPINO IMPASTATO

Peppino ciao, caro ragazzo mio,
so che mi senti; allora, come va?
Allegro come sempre, in mezzo a noi.
Quelli che ti hanno ucciso,
e poi deriso,
credevano che tu saresti morto,
invece no, sei vivo più che mai,
sei come un Cristo vincente risorto.
Tu, raro fiore nato
nel fango d'una società cattiva,
truce, alla quale ti sei ribellato,
novello Davide contro un Golia,
feroce, sanguinario, intollerante,
qual è la mafia,
immonda, criminale istituzione,
sia vecchia o nuova, che purtroppo ancora
uccide, ruba, sporca e disonora.

Peppino, ciao, caro ragazzo mio,
esempio di coraggio e intelligenza,
nei tempi bui, di fronte ai prepotenti,
con l'indomito Stefano Venuti,
nel tuo e mio paesello natìo,
sprezzante dei perigli, non tacesti
alle minacce ed agli avvertimenti
cupi, che avesti
dal dileggiato don Badalamenti.

Peppino, ciao, caro ragazzo mio,
dalla tua radio, la tua voce arcana,
echeggia contro chi ti ha fatto male,
nel film "I cento passi"di Giordana,
e in noi, sempre sarai vivo, immortale!
Peppino, ciao, caro ragazzo, addio.

Peppino Impastato

*Lunga è la notte
e senza tempo.
Il cielo gonfio di pioggia
non consente agli occhi
di vedere le stelle.
Non sarà il gelido vento
a riportare la luce,
nè il canto del gallo,
nè il pianto di un bimbo.
Troppo lunga è la notte,
senza tempo,
infinita.*

(Peppino Impastato)

90

MAFIA

Cancro maligno, è quello di cui scrivo,
è un'ombra triste, cupa e tenebrosa,
è il male della società in cui vivo,
peggio del qual non vi è alcun'altra cosa.
Dovrebbe ogni ver'uom esserne schivo,
è un marchio infame, è lurida e schifosa,
è un pozzo nero immenso, una gran fogna,
di cui parlar, mi fa schifo e vergogna.

A GIOVANNI MELI

----Ritrattu----

Geniu pueticu di l'ottucentu,
esuli a Cinisi, palermitanu;
di lu dialettu, veru munumentu;
fu lu Danti Alighieri sicilianu.
Stidda pulari di rifirimentu
d'ogni pueta siculu e italianu.
Fruttu di so' fervida fantasia
è sua sublimi, immurtali puisia!

      *   *

LA GRUTTA SALINA (a Cinisi)

Sai 'ddà grutta chi premi e fà allammicu,
e 'cè 'na 'zzotta 'nterra, ed avi allatu
un canniteddu, e un arvulu di ficu?

      *

Petru Fudduni e G. Meli nella piazza di Cinisi
a mille metri, in linea d'aria, dalla montagna:

Petru, talia, li viri 'ddi furmichi,
tutti misi a catina nichi nichi?
Acchiananu e dipoi fannu ritornu
'ddà, supra la balata di menz'jornu.

-No Abbati, bonu bonu nun li viu,
però 'nni sentu beni lu carpiu.

RICORDI DI SCUOLA

Con la Maestra Marisa Triolo, feci la prima e la seconda elementare, mi voleva un gran bene, è stata "la prima fimmina brava e gentili ch'iu canuscivi doppu di me' matri".

Promosso alla terza elementare quello, fu l'anno peggiore di tutti e cinque i miei brevissimi anni di scuola; il maestro Tomaselli, così si chiamava, un tipo vanitoso, arrogante e il peggio; fascista imbevuto, patologico di quella dottrina che imperava a quel tempo perciò, i suoi alunni li voleva esemplari in quel genere, in confronto a tutte le altre classi, per prima cosa: tesserino e divisa di Balilla, imparare e cantare tutti gli inni e le canzoni del regime, come il Duce voleva, salutare e partecipare alle sfilate in marcia, agli ordini del capo squadra che era il più grande di età della classe, eccetera… eccetera.

Beh, io, le canzoni li ho imparate ed ancora li ricordo dopo settantasei anni: Roma divina, Faccetta nera, La vita va, Il legionario, Fischia il sasso, L'Ardito è bello… tutte sempre co l'unico grido finale: viva il Duce!... Annoi! Per Benito…Mussolini… Eja eja a..la..là, Per l'Italia… Imperiale… Eja eja a..la.. là.

In quanto alla divisa, nulla di fatto, per due valide ragioni: primo, non avevo la possibilità: in famiglia , non avevamo neanche pane per mangiare pensa, se mio padre poteva comprarmi la divisa, poi, perché a me non piaceva per niente e, quando il maestro gridando arrabbiato mi chiese: perché non ti piace!? Impudentemente gli risposi che in quella maniera, i bambini mi parevano vestiti di carnevale… mi buscai uno schiaffone che per dieci giorni avevo la mandibola gonfia.

Il maestro Tomaselli, cominciò ad odiarmi e a disprezzarmi e per tutto l'anno scolastico mi ripeteva che se non mi compravo la divisa di Balilla, *"gli esami li vedrai col binocolo"* tanto, che io arrivai a perdere la voglia e il piacere di studiare e fu mia sorella Santina ad accorgersene così, l'ultimo mese e mezzo a finire la scuola, venne a parlare prima col maestro che non la volle ascoltare, poi, col Direttore Didattico il quale, sapute le ragioni, rimproverò aspramente il maestro anche in mia presenza e, gli ho sentito dire: *"queste non sono ragioni valide a non fargli fare gli esami"*. Da quel giorno, mi ha seguito lui stesso e, con l'aiuto di mia sorella, che aveva sei anni più di me ed era in gamba, ho recuperato e sono stato promosso.

Il Direttore si chiamava Settimio Sortino, era una degna persona e quant'altro, in seguito avremo modo di parlare ancora di lui.

La pagella si andava a ritirarla in casa del maestro, quando me la diede, con la voce nasale che aveva, a denti stretti mi disse: Mannino... sei stato bravo. Io, senza guardarlo in faccia, gliela tirai d'in mano e scappai.

In quarta e quinta classe, ebbi il Maestro più bravo del mondo, non si parlò più del Duce né del Re, ci insegnò e ci faceva cantare in coro il "Va pensiero" di Verdi, amava Napoleone, Cesare Battisti, Nazario Sauro, Enrico Toti, Giuseppe Mazzini, Cavour, Giulio Cesare ma, sopra tutti Dante Alighieri.

Era il Maestro Antonino Puleo, per me, un grande Maestro, ricordo, venivano spesso in classe a trovarlo giovani universitari suoi ex alunni a salutarlo e ringraziarlo, gli dicevano: quello che Lei ci ha insegnato ci sta servendo all'Università, e lui ci rispondeva: male per voi ragazzi, male per voi... Io, imparo sempre da voi.

Di Dante, da lui imparai a memoria: "Aìh serva Italia di dolore ostello!" "Vergine madre figlia del tuo figlio" "Aìh Pisa vituperio de le genti!" "Dolce color d'oriental zaffiro" "Era già l'ora che volge al desìo". È stato il Maestro Puleo, il primo a far nascere in me i primi sintomi della poesia.

Un giorno, come spesso faceva, venne in classe il Direttore Didattico Settimio Sortino a portare delle copertine di cartoncino formato 18x24 cm, con stampata la Sicilia e dentro, a rima baciata, versi che elogiavano tutte le città siciliane, e disse ad alta voce una cosa bellissima: questa è la Sicilia e noi siamo i siciliani, leggete, leggete!

Io ne chiese una al Maestro che me la diede volentieri e me la rilessi più volte guardando la grande carta geografica della Sicilia appesa alla parete dell'aula. ch'è bella, mi dicevo, allora il Direttore è un poeta!

No io che avevo scritto qualche stupida poesia in dialetto insieme a mia sorella, tra cui "la fuitina" avvenuta a Cinisi proprio in quel periodo e, pensando e rimurginando dissi: quà devo provare a fare qualcosa.

Per la prima volta mi cimentai a scrivere in italiano dei versi sugeritemi da quelli del Direttore nei quali notavo che in alcuni cèra qualcosa che non andava. Mi stavo accingendo a fare una satira,… seppi che era poi in seguito. Ecco come:

il testo iniziava dicendo al popolo siciliano: "Svegliati, cambia strada, fatti avanti – Sicilia nostra è terra di giganti". (Il Maestro ci aveva raccontato della guerra degli Dei che, distrussero i giganti) ed io sotto ci scrisse così: "Giganti? Quelli omoni grossi e brutti? – ma, gli Dei, non li uccisero tutti?" poi, le lodi alle citta: "Palermo con Monreale, il gran tesoro – che di Sicilia è la sua conca d'oro", ed io: "Non lo sapevo che a Palermo c'èra – nascosta pure d'oro una miniera". lui: "Ed abbondante di pesci è Messina – per la meravigliosa sua marina". Io: "Ivi affluiscon tonni, sarde e triglie – forse per ammirar le meraviglie". Lui: "Trapani con i suoi mulini a vento – i grandi templi antichi di Agrigento". Io: "Se a Trapani ci arriva Don Chisciotte – sino a Agrigento sentiran le botte!". Lui: "Enna la guarda tutta da una vetta – verde e bucolica Caltanissetta". E ci spiegò che da Enna si vede tutta la Sicilia, io, a queste due città non seppi farci il contracanto. Ancora lui: "Catania e l'Etna – bella è Ragusa – completa la vetusta Siracusa". Io. "Non conosco Catania né Ragusa – ma, se proprio completa è Siracusa,- volevo andarci ma, ad un tale annunzio – per tema che non ci entri, vi rinunzio".

Mentre io scrivevo queste cose il Maestro mi sbirciava di lontano e mi lasciava fare, sapeva che la mattina prima che venisse lui, io facevo e aggiustavo i compiti ai compagni in cambio di qualche pezzetto di pane ma, incuriosito, si avvicinò e mi disse: che fai?... poi gridò: ma che cosa fai!... lo sai che non si scarabocchia su queste cose?... mi scippò il foglio, lesse, e... però, però... però!.. ma io ti ammazzo, disse, esce e ritorna col Direttore, io disse: Beddamatri mortu sugnu!.. Il Direttore: ma, ma... ma tu Mannino sei... quello dell'anno scorso sei... Figlio mio... quanto ti abbraccio! Ma chi ti ha insegnato a scrivere così... il Maestro Puleo aveva le lacrime agli occhi, io, non capivo più niente, tutti i compagni si alzarono dai banchi e si misero attorno, oggi si direbbe: successe un casino!

Beh non successe niente in effetti, io ero e restai il primo della classe, fui promosso a pieni voti. Il diploma di quinta elementare, tanti complimenti che, a mio padre non interessavano per niente e non a torto, mi disse: vai a lavorare che ne abbiamo bisogno, io, non potendo più andare a scuola, ho pianto per un po' di tempo, mi sono rassegnato a lavorare in campagna poi a fare il pastorello ma, non ho cessato mai di leggere e di scrivere.

E gli anni passano

Il novecento scorre e e sen va via ed arriva il duemila. A settant'anni il piccolo scolaro, l'alunno modello primo della classe, contadino, pastorello, disoccupato, emigrante, fotografo – artigiano anche della poesia, pensionato a Mazara del Vallo, oltre ad alcuni libri di poesia, comincia a scrivere una grande Antologia di poeti dialettali siciliani, dal Medio Evo ai giorni nostri e, proprio da Mazara incominciai la ricerca di essi.
Ecco chi ti trovo: Peppino Bucca, Masino Favata, Peppino

Denaro Editore di un giornaletto intitolato: "PO' TU' CUNTU" e, ovviamente poeta. Di quel giornaletto, cosa meravigliosa degli anni quaranta, facevano parte e scrivevano, poeti dialettali di varie parti della Sicilia e, proprio in una poesia di Peppino denaro ecco cosa ti leggo:
Mi togliesti la fico del panaro
caro Bellanca mio, ma chiaro e tunno

quellu che dici tu, lo sbroccolaro
nei tre famosi articoli di funno:
Bucca, Angileri, Messina e quel caro
Settimio Sortino... e dove sunno
i risultati? Ed or Peppi Denaro
se non mi tien, nella scarsizza a funno!
Lo sapevo in partenza , o mio Bellanca:
quanno lo scecco vivere non vole
ai voglia di friscar, la bocca stanca!
Lancio un appello io? A chi? Alla banca?
Per sollevar lo floscio capitale?
E credi tu ca mi la faccio franca?

Quindi, "quel caro _Settimio Sortino_... e dove sunno",
vedete dove ritrovo dopo 75 annni il mio indimenticato
Direttore Didattico? In questo stupendo sonetto satirico
italo-siculo di Peppino Denaro, perciò, il nostro faceva
parte di quella Associazione poetica "Po' tù cuntu" di
Mazara del Vallo quindi, con mio sommo piacere e, per
puro, sporadico caso, anche il nome del mio carissimo
Direttore Didattico Settimio Sortino è nella mia grande
Antologia "GEMMI SICANI".

NINA

Avìa vint'anni e pigghiavi 'na cotta,
doppu Maria e Titidda, pi' Nina
chi 'n'avìa tridici, troppu picciotta,
sì, sviluppata, ma sempri bammina.
Capiddi biunni oru, longhi e rizzi;
iu la vireva di rari biddizzi.

E tra amici parravamu, di chissi
biddizzi di lu nostru vicinatu;
- s'iu mi curcassi cu' Nina, - unu dissi,
- a 'mia parissi chi fussi curcatu
No di 'na fimmina aviri vicinu,
ma, curcatu cu' me' frati Ciccinu!

Tutti si ficiru 'na risatedda,
iu 'nveci'un potti ridiri e pinsai:
a so' frati Ciccinu! E comu mai
iu inveci la vireva tanta bedda!
Di tannu 'n poi, canciau fisionomia;
'n veci di Nina, a Ciccinu virìa!

TERRASINI

Quasi un decennio, della vita mia,
trascorsi in questo ameno paesello;
d'esso conservo tanta nostalgia,
ero giovane, forte, ma non bello.
Pieno di amici e amiche, or dove sono?
Chissà se come me mi pensan mai.
Io li ricordo e scrivo i loro nomi,
con un sentito, nostalgico affetto:
Con il mio amico e socio Faro Abbate,
Gaspare, Ciccio e Tommy Bartolotta.
Berto Cracchiolo, Totò Barbarotto.
Pippo Mammano, Nicola Sciarrotta.
I fratelli Pagano Paolo e Gino.
Antonino Geraci, Nino Arlotta.
Con i barbier Benedetto Donato,
Salvatore Grandetto e Paolo Russo,
Eleonora e Pietro Taormina.
I fratelli Cucchiara Nino e Mimmo.
Gioacchino Lancia, Paolo e Marco Croce.
Rino Catalfio ed il bel Mario Orlando.
Pinuzzo, detto bimbo, in siciliano, (Picciriddu)
Renzo e Faro Lo Piccolo con Iva
Stabile, Gianni e Pippo Bommarito.
Tano Favazza, Nicola Maniaci,
Annamaria e Battistino Cusmano.
Gli eterni ziti Ninetta e Fuluzzo.
Come potrei giammai dimenticare,

la tanto cara a me famiglia Giusto?
Ida, Filippo, Gabriella e Silvana,
ed i due piccoli, Puccio e Marcello.
Ciccio Puglisi il mio caro compare,
con la sua grande splendida famiglia.
Ancora : Mimmo e Gaetano Cascino,
veri maestri di floricoltura.
Graziella e Raimondo Catalano.
Ed i Ruffino,Vincenzo e Giovanni.
La splendida Anna Di Maggio e Michele,
Mariella e Bruno Cucinella e Carlo.
Andrea Vitale, Lorenzo, Gioacchino,
la bella Lia e Battista Vitale.
Ancor, le già descritte Enza e Gisella,
le due graziose sorelle Cannata.
Teresa Fiore, con Lidia e Saveria.
Aurora Li Cavoli e Rosalba.
Nino Farina, Rita e Margherita.
Musica, feste, canti, serenate,
balli e baldorie di tempi felici.
Superbe le bellezze naturali
di questo antico villaggio di mare,
la vecchia Favarotta, Terrasini.
Sorvòlo i sempre mitici Agliandroni,
ammiro la stupenda Cala Rossa,
poi la romantica Grutta Pirciata.
Con la leggenda dei suoi faraglioni,
incantato mi fermo a La Praiola,
(lu scariceddu - cioè - di lu 'zu 'Ntoni).

Qui si è fermato il tempo, ma veloci,
per tutti noi, sono passati gli anni.
Dolci ricordi di un tempo che fu,
di amici, amori spenti e gioventù.

"La grutta pirciata"

"LA GRUTTA PIRCIATA"

Stasira, spintu di lu forti affettu,
l'urma pigghiai di lu Pueta miu;
sulu suliddu scinnu e vegnu a 'nzettu
lu postu unni vinennu Iddu scriviu.

Chista è la balatedda unni siriu
e 'nta sta balatedda nun m'assettu,
allatu mi ci posu, pi rispettu,
comu s'a Iddu 'ccà sirutu viu.

Vistutu di li sò murtali spogghi,
'cca, Meli, atturniatu di li Musi,
tannu accugghievi tu, grutta pirciata.

'Cca sulu misu a latu sta balata,
iu sugnu, atturniatu di sti scogghi,
che eterni sfrannu l'unni armuniusi.

1959

SUGNU CUNTENTI CA MI MARITAI

Sugnu contenti ca mi maritai,
arrisurvivi li prublemi mei,
arrisurvivi li prublemi mei,
ora vi cuntu tutti li mei guai.
    Aiu 'na figghia ca nun c'è la pari,
aiu 'na maravigghia di mugghieri,
aiu 'na maravigghia di mugghieri,
'na soggira ch'è megghiu 'un nnì parlari.
    La figghia abbrazza e la mugghieri vasa,
la soggira mi stira la cammisa,
la soggira mi stira la cammisa,
sugnu lu sulu Re di la me casa.
    La me casuzza sta 'menzu li rosi,
li gelsomini e l'ediri priziusi,
li gelsomini e l'ediri priziusi,
li salici, li tuji e li mimosi.
    La notti m'addummissciu cu li stiddi,
all'alba m'arrisbigghianu l'aceddi,
all'alba, m'arrisbigghianu l'aceddi,
turturi, gazi, passari e cardiddi.

    Sugnu contenti ca mi maritai,
arrisurvivi li problemi mei,
arrisurvivi li problemi mei,
e chissi sunnu tutti li mei guai.

"La mè casuzza stà'mmenzu li rosi,
li gelsomini e l'ediri priziusi,
li salici, li tuyi e li mimosi....."

LA ME' PICCIOTTA DI CASA
È AMURUSA MA 'UN MI VASA
(vecchia canzuna siciliana)

Quannu ci dicu a Rosa:...
Rosa, Rusidda bedda...
dammi 'na vasatedda...
idda rispunti: no...
    La so' vuccuzza duci...
mi duna sulu peni...
dici: ti vogghiu beni...
ma nun si fa vasà...
    Rosa, tu scherzi sempri cu' l'amuri...
cu' lu me' sintimentu voi jucà...
ti piaci ca iu soffru e un ti nnì curi
e arresti frisca com'u baccalà...
    Si dici ca li rosi hannu li spini...
fa sentìri sti spini chi c'hai tu...
amuri amuri puncimi ... nun fammi cchiù aspittà...
vasami, 'un fari cchiù la baccalà...
    Si ti vasa lu ventu ...
Si ti vasa lu suli...
semu ccà suli suli...
picchì mi dici no...
    mi fai 'nvidiari 'u ventu...
u suli 'i stiddi, e 'a luna...
picchì sta gran furtuna...
hannu iddi e 'nveci iu no...
Replay..........

GIACOMO GAGLIO
(L'istrione di Cinisi)

Giacomo Gaglio, detto Giacomino.
Uno che, quando quel che fa sappiamo
questo particolare cittadino
 dire ch'è un genio non esageriamo.
 del mio, come del suo paesel natio,
a cui vuol bene svisceratamente,
di questo caro, nuovo amico mio
dico: primo è: uno storico l'eccellente:
 d'autentico poeta ne decanta
e narra, a cominciare dall'antico
inizio che, dal grande Federico
 nel Medio Evo, l'origine vanta;
 storia e leggende in varie forme e aspetti
narra, di allor fino ai tempi attuali,
i siti e le bellezze naturali;
dei cinisensi i preggi ed i difetti.
 E, se sentite battere le ore
dell'antico orologio sopra il baglio
Municipal, è Giacomino Gaglio
che ne cura il din-don ed il motore.
 Queste e tante altre cose belle e buone
Lui cura, fa e gestisce con dovizia,
io lo ringrazio e con ammirazione
tanto mi onoro della sua amicizia.

LI MEGGHIU AMICI MEI

'Nta la campagna attornu casa mia,
in vesti di attentissimi guardiani
cc'è, comu iu chiamu, l'enciclopedia,
no comu la Garzanti o la Treccani.
Mi spiegu su': Bossi, Tosca e Niria,
chisti li nomi su di li me' cani,
li megghiu mei affettuosissimi, veri
amici fedelissimi e sinceri.

Stannu tranquilli nna lu me' jardinu;
quannu mi virino sunnu filici,
mai mi hannu dittu stupidu e cretinu
comu a mia spissu me' muggheri dici.
Mai un voltafacci misiru e mischinu,
comu hannu fattu certi mei amici.
Su' docili, fistusi, ubbidienti
e una carizza mia li fa contenti.

Lu cani; sulu ed unicu animali
chi mori iddu pi salvari a ttia;
penzacci! uomu barbaru e brutali
quannu etti lu to' cani pi la via,
quantu iddu è puru, nobili e liali,
quantu è schifosa la tua ipocrisia
la differenza chi 'c'è tra li cani
e certi ignobili essiri umani.

L'AMICIZIA

Necessità e bisogna
non son difetti, io dico;
se ne hai, senza vergogna
volgiti a un vero amico;
    gli amici a questo servono:
a dare e avere aiuto,
no, se sol si soffermano
al semplice saluto;
    ma, quando l'amicizia
oltre ogni meta va
con sincera delizia
come fraternità.
    Sia esso biondo o bruno,
un vero amico è raro;
se ne hai soltanto uno,
tièntelo stretto e caro.
    Perdi un amico vero,
Perdi un vero tesoro
Però, quand'è sincero,
prezioso più dell'oro;
    ma, quando che a te pare:
invece di oro è piombo;
perdilo, non scambiare
il corvo per colombo;

senza badare a spese...
mandalo a quel paese.

"L'autore da giovane"

LA ME' FOTOGRAFIA (cu' l'autuscattu)

Baffi, capiddi niuri, pipa 'n mucca;
ma tu, cu' si'?... si 'unn'hai fumatu mai!
E sti capiddi niuri... chi è parrucca?
Ma chi 'mprissioni, figghiu, chi mi fai!

'Ddocu, mi parsi ca rapìu la vucca
e rispunnìu tali, ca mi scantài:
"Ma cu' si' ora tu? Chi aspettu hai?
A 'mia mi pari un'ummira di cucca!

Iu sugnu sempri tu!... Vecchiu 'n mbecilli!
To' figghiu 'un sugnu e mancu to' niputi;
e li biddizzi ...oramai scordatilli!"

(Taliannumi a lu specchiu) dissi: e già!
Ragiuni hai tu; 'n mpurtanti è la saluti;
la vita è sempri bella! In ogni età.

LA ME' SICILIA

Iu, cu' lu me' caratteri curiusu
puru 'un niscennu di lu me' jardinu,
lu me' spiritu libiru e smaniusu
si senti, di lu munnu, cittadinu.

Ma di stu munnu, sulu canuscivi
tra lu mediterraniu e lu tirrenu,
sta terra cu tri pizzi, e quantu menu
iu cantu d'Idda, picchì cci nascivi.

Si cunta ca Nittunu a la rinfusa
lu so' furcali a tri punti appizzau
supra stu mari e di corpu acchianau
un triàngulu di terra maistusa.

Si cunta c'aisalla all'orizunti
e purtalla a galla, cci detti 'na manu
pi casu, puru so' frati Vulcanu,
Venere si pusau dda supra un munti.

Sicania, Nettunu dissi pianu;
ma no,Trinacria rispunniu Vulcanu,
Venere dissi: io vogghiu l'onuri:
Sicilia la chiamau! terra d'amuri.

Lu suli c'a 'ddi tempi puru cc'era,
l'asciucau prima cu lu so' caluri

e poi la fici cu' lu so' splinduri
l'isula di l'eterna primavera.

'Na cosa chi nun haiu ancora citatu
ed è di giustu chi ccà la dicemu:
Nettunu, cc'era tantu affiziunatu,
ca cci purtau a so' figghiu Polifemu.

Ed ora, è sempri chi cci gira 'ntunnu,
innamuratu di la so' biddizza;
tocca li scogghi, li spiaggi e lu funnu
e cu l'unni la vasa e l'accarizza.

Vulcanu è sempri ccà, ma in dormi-vigghia,
sta dintra 'na montagna, 'nta 'na cava,
e quannu c'ogni tantu s'arrisbigghia
sbuffa ciniri, fumu, focu e lava.

Venere, la bellissima, divina,
supra ddu munti c'affaccia a punenti
cci havi 'na reggia e 'na turri 'n-mpunenti,
si chiama ancora Veniri Ericina.

Lu restu lu sapiti, è storia d'ora;
li Greci, Turchi, Vichinghi, Trujani,
poi li Cartaginisi, li Romani
ficiru d'Idda la propria dimora.

Poi ancora l'Arabbi cu li Normanni,

vinniru li Spagnoli e li Francisi,
scinneru ccà puru li Piemuntisi
sfruttannu e spatruniannu a tuttibanni!

E tutti chisti chi di ccà passaru,
ognunu si nnì pigghiava un pizzuddu,
però mischini, 'un lu caperu nuddu
li cosi boni chi ccà nni lassaru!

Opiri d'arti, chiesi, monumenti,
tisori antichi e tanti cosi beddi,
templi, funtani, turri, archi, casteddi,
un patrimoniu prizziusu e impunenti.

D'Erici a Taurmina ed a Girgenti,
e Selinunti e li Cavi di Cusa,
Sigesta e duci 'nfunnu, Siracusa,
dicu li cchiù grandiusi e cchiù eccellenti!

La me' Sicilia! Lu nostru tisoru
cchiù bedda 'un la putia fari Natura;
cu' veni di luntanu s'innamura
e dici: restu ccà sina chi moru!

Li mennuli a Frivaru già su 'nciuri,
limiuna e aranci, di zagara chini,
li bianchi roti di li gelsumini
li campi e l'aria inchinu di oduri.

Aprili e la Sicilia è 'na ciurera;
spuntanu a Maggio li cchiù belli rosi,
bianchi e giallini su gigli e mimosi,
la cchiù stupenda e bedda primavera!

Lu mari di un culuri blu prufunnu,
di Muncibeddu lu gra focu ardenti,
lu celu azzurru, lu suli cucenti,
la me' Sicilia è l'unica a lu munnu!

Chista la me' Sicilia, diliziusa,
terra d'amuri, di suli e di pani.
E nun è nenti veru ch'è mafiusa!
Ora sintiti "Li me' siciliani".

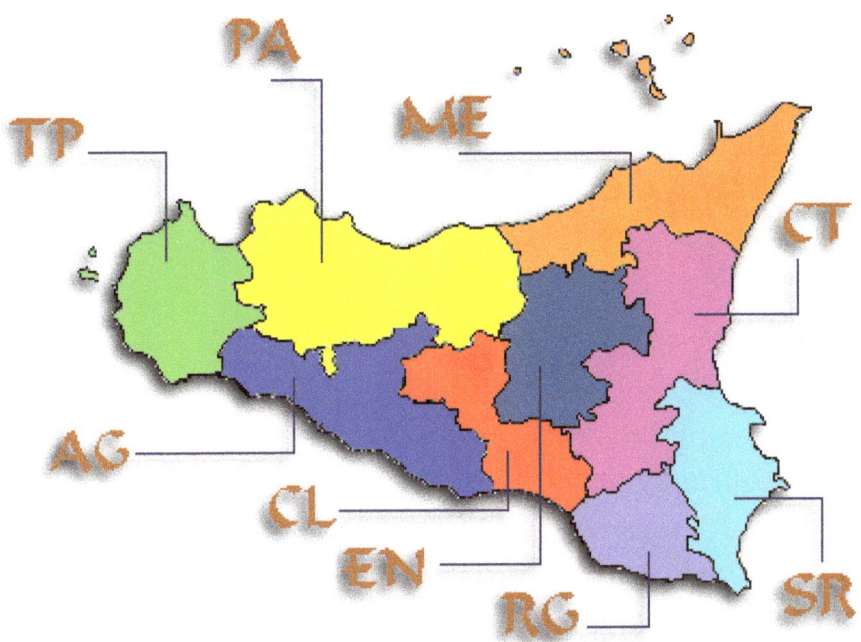

LI ME' SICILIANI

Scusannumi, cu' rispettu parlannu;
li me' siciliani, ma cu' sunnu?
Sta vota parlu di chiddi chi stannu
nna st'isula cchiù bedda di lu munnu.

La me' Sicilia, ch'iu propiu chist'annu
cantai di quannu acchianau di lu funnu.
Mentri ora, pinsirusu, mi dumannu:
e mi ripetu: cu' semu, cu' sunnu?

Si ci dumannu a tutti li straneri:
francisi, 'nglisi, tedeschi, spagnoli;
nna la so' lingua su' tutti sinceri;
"Sicilia? Bella, cielo, mare, sole…"

Ma no… iu 'nsistu, noi siciliani…
Sutta la botta cancia lu discussu;
russi, svedesi, danisi australiani,
strincinu l'occhi e torcinu lu mussu!

Puru in Italia, in Lumbardia, in Emilia,
tra niatri stissi, dicemu "italiani"
dicinu: oh, quanto è bella la Sicilia,
però attenzione; attenti ai siciliani!

Ma lu picchì di sta riputazioni?
Picchì è ca nnì talianu suspittusi?

Niatri nnì sintemu genti boni,
e 'nveci nnì hannu tutti pi' mafiusi!

C'èranu,... quattro tinti malandrini,
a Cinisi, a Palermu, a Curlioni;
ma senza li pulitici, mischini,
fussiru stati genti bravi e boni.

E poi, chi ficiru di tantu gravi,
ammazzaru a Falcuni a Bursillinu?
Ma chissà chi è, 'na manciata di favi
pi' un veru sicilianu malantrinu!

Chiddi eranu pirsuni bravi e onesti,
e p'ammazzalli 'un ci voli valuri;
pi' cui, ammazza comu iddu omini besti!...
chi si chiama pi' nenti omu d'onuri?!!!

E pi' sti fissarìi, sta mala nomina
contro li siciliani? E sta cagnara?
Dunni jti – jti, la vuci chi domina:
Sicilia?... Coppula, mafia e lupara!!!

A Sala d'Erculi su li mafiusi!
E a li Normanni ddà, comu si chiama;
si po' vuliti i' cchiù piriculusi:
Munticitoriu e Palazzu Madama!!!

Schirzamu,... ma nui semu ginirusi,

semu affittuusi, sinceri e liali,
si,... forsi puru un pocu mafiusi,
però sparamu a cu' è chi ci fa mali.

Si, di qualcunu 'un si sapi cchiù nenti
Si, scumparisci, si, qualcunu manca,
sarà lupura si, prubalbilmenti,
prubabilmenti,... ma è lupara bianca.

O, si qualcunu squagghia 'nna l'ascitu,
è un modu di squagghiallu ma, simpaticu,
senza lassari puzza, cioè, pulitu,
chi, né ch'è ascitu, è àscitu muriaticu.

Chiddi chi 'nveci di lu Cimiteru,
mittemu 'i nta i pilastri di cimentu,
nun è pi' 'un onuralli, nun è veru...
restanu eterni... comu un munumentu!

Cu l'esperienza di li me' ottant'anni;
'na suluzzioni, veramenti egreggia:
jirini a stari tutti pi' cent'anni
ddà versu la Finlandia e la Nurveggia!

Doppu cent'anni ddà, poi riturnari;
Fussi, di un'era nova la vigilia!
Sarrìamu degni tutti d'abbitari
ed apprizzari sta nostra Sicilia!!!

SI LU PUETA 'UN C' È...

Quannu la bedda Amanti di Tituni,
di li so' vrazza si stacca, si susi
di lu lettu e s'affaccia a lu balcuni;

Cu' li so' primi sguardi sunnacchiusi,
tinci di rosa tuttu l'orienti.
Mentri li raggi d'oru luminusi...

spuntanu già di lu suli nascenti,
dannu cuntorni di beddi culura
a un quatru splendidu, stupifacenti.

Arcanu incantu di la prima ura,
eternu rituali chi rivivi
lu gran miraculu di la Natura!

Si lu pueta 'un c'è, cu' lu discrivi???

****

Quannu lu cielu è azurru, a primavera,
giuiusi sfreccianu li rinnineddi
e la campagna è tutta 'na ciurera.

Cantanu supra l'arvuli l'aceddi,
cu' li facciuzzi russi di suduri,
jocanu e currinu li picciutteddi

Mentri abbivira li rosi e li ciuri
supra lu finistruni, suspirannu,
'na picciuttedda canta: amuri amuri.

Si senti n'autra vuci, chi cantannu,
quasi ammucciatu ddà, sutta l'alivi,
rispunni: "si su' rosi fiurirannu".

Si lu pueta 'un c'è, cu' li discrivi???

****

Quannu lu suli scinni lentu a 'mari,
lu toccu suavi di l'Avi Maria
d'una campana si senti sunari.

Quanta tristizza, quanta nustalgia
c'è in ogni cori, chi veni cumpuntu
d'amuri duci e di malincunìa.

Talìi lu suli, a lu cuddari juntu
e ammìri ddà chi cchiù meravigghiusu
spittaculu nun c'è di lu Tramuntu.

Lu cielu, araciu, poi si fa scurusu,
viri la Luna; è 'na palla di nivi,
e un cielu stiddiatu maistusu.

Si lu pueta 'un c'è, cu' lu discrivi???

****

Si un certu Omeru, nun ci avissi statu,
o chiddu chi un certu Virgiliu scrissi,
si un certu Danti, nun fussi mai natu;

cu' canuscìa: Achilli, Enea, Ulissi?
Lu 'Nfernu, Purgatoriu e Paradisu,
si 'un fussi statu pi' iddu, 'unn'esistissi!

Perciò, secunnu miu mudestu avvisu,
tra li genti di tuttu lu Pianeta,
sempri chi sia di tutti cundivisu:

'n mpurtanti in assulutu è lu Pueta!!!

128

TUTTI LI 'N CIURII
(compari Giuvanni e compari Faricchiu)

> Cumpari!... ma, firmativi un mumentu,
discitimi: c'aviti cu' sta furia?
< E c'aju aviri, diavulu curnutu!
C'haju sicca la gula pi' l'arsuria;
ca tuttu lu paisi haiu scirnutu
ca, pari ca jirrìa accattannu muria,
circann' unu e, truvari 'un l'aju pututu
sulu picchì can nun sacciu la 'nciuria.

>M'a, Cinisi di 'nciurii ci nnè tanti
ca mancu copia si nnì po' pigghiari;
 chidda l'avemu quasi tutti quanti,
s''un sai la 'nciuria, a nuddu poi truvari,
la 'nciuria è la cosa 'cchiù 'mpurtanti.
< chi mi disciti a 'mia, 'ssatimi stari!
Lu sacciu ch'è la 'nciuria chi va avanti
e, iu mi smiruddiu pi' 'un la pinsari

> Ma vui nenti, avi picca chi circati...

< Comu!... Avi 'na jurnata sana sana!...

>E, versu a 'mia chi su' quattro pirati, ...
avi chi cercu a unu, iu, 'na simana!

< Ma vui, la 'ciuria mancu la pinsati?

130

➤ Nenò, porca miseria buttana!

<Semu li stessi allura cumminati...

> Nasì,... < fatalità pi' beru strana.

< Sintiti a 'mia, allura, chi fascemu,
viremu si' cummeni a tutti dui:
ora, tutti li 'nciurii chi sapemu,
l'avemu ammuntuvari tutti nui.

< Bonu! ... forsi accussì sulu putemu
Truvari a chissi chi circamu nui.

>Priscisamenti! Mentri li discemu,
chiddi ch'iu 'un pensu li disciti vui.
          *   *
>Ca 'ccè: Addu, Adduzzu e Addinedda,
Addina stolita e Puddiscinu,
Puddastra, Capuni e Puddastredda;

Binnardu, Binnardeddu e Binnardinu,
Cunigghiu, Cuniggheddu e Saittuni,
La vecchia, La vicchiuna e Vicchiarinu;

c'è, Bammineddu e Bamminidduni,
c'è puru: Diu, Maronna e Signiruzzu,
'Mmaculatedda e Santuriantanuni;

C'è Cani, Cagnuleddu, Urpi e Canuzzu,
Lu cauru, Lu friscu e Lu sirenu,
c'è Zècani, Silepiu e Cutidduzzu;

Purci di quasittuni e Purci prenu,
Scotula purci, Purciddu e Pirocchiu.

Lu vostru, ancora 'un c'è, nentidimenu?...

<Nenò... aspettati, ora nn'arrimorchiu
'nautri quattro iu, sintiti anticchia...
Ca c'è: Occhi di vitru, Orvu e C'un'occhiu,

c'è Carozzu, Lu surdu e C'un'aricchia,
poi c'è Jachedda, Vanedda e 'Mpallacchiu,
Carruba, Passuluni Minnulicchia,

poi c'è Fra Bitu, Fra Nirìa e Fra Cacchiu,
c'è Pirri, Pirriaturi e c'è Pirricchiu,
c'è Ammuccu, Muccuneddu e c'è 'Mpatacchiu,

poi c'è Barranca, C'un'cornu e Pussicchiu,
c'è Boccia, Badduzza e Badduneddu,
Baddanna, Sinnacheddu e Campiricchiu;

Vannuzzu, Sciccazzeddu e e Mariazzeddu,
poi c'è Cucchiara, Burgittuni e Piattu,
c'è Scicciarellu, e Japicazzeddu.

Poi c'è Muscidda, La jatta e Lu jattu,
c'è puru Jattu russu e Vrancunazzu
e c'è Lu foddi, Fuddiscu e Lu mattu.

Poi c'è: Negghia, Burrasca e Priulazzu,
Curricachiovi, Biccarruni, Crapa,
Beccupisciatu e Ciaraviddazzu.

C'è Ranfa, Musca, Zappagghiuni, Lapa,
Pipa, Muzzuni, Scirinu e Sigaretta;
Cumpari e, ancora'nn'haiu 'nna la capa!

C'è Scinta, Scingalenta e Cinturetta,
Sciarda, Tammurinaru e Campanedda,
Vuccazza, Scagghiunuta e Ucca apetta,

Scarppuni, Scarpaleggia e Stivaledda
e puru c'è Scarpuzza e Scarpisani;
Coppula, Cappiddazzu e Birrittedda.

Poi ci su' Marauna e Maranzani,
Cudduzzu, Coddulongu e Cudduruni,
c'è Triggrana, Trirrotula e Trippani,

Minnitta, Cucuzzuni e Bastarduni,
Lu calateddu, Lu musciu e Lu tisu,
c'è: Nicareddu Grannuzzu e Stanguni.

>Cumpari, ma vui arringu siti misu…

'na tunnillata 'nn'ati ammuntuatu
e ancora a cu' cercu iu nun l'haju 'ntisu!

Sintiti chisti ch'iu aju pinsatu:
Funcia, Funcidda, Funciazza e Funciutu,
Funcitedda, Lu persu e Lu truvatu.

Poi c'è: Pirìu, Piruzzu e Pirutu,
Piraru, Pirazzu e Peripinnusi
e Pericotti. Scrozzu e Capiddutu;

Peri di jaddu e Perifitusi.
Madduccu, Menzacanna, Cciainisi...
Ma, 'cci su' 'nciurii veru graziusi!

'Cci vennu a pirfizioni a cu' su misi
comu li 'nnesti a ghiritali e a pinna
A certuni ci 'ngastanu priscisi!

Poi, Pinnonnu, Pinnuzza, Senzapinna,
Pinnaniura, Fauci, Marteddu,
Scricchiuni, Scricchiuneddu, Tarazzinna!

Arasimu, Narbuni, Narbuneddu,
Brigghiuni, Nàmia, Aiutami, Cutossa,
c'è Salirossu e c'è Salitaneddu.

Tistuzza, Menzatesta,Testagrossa,
puru Testa di pecura e Tistuni,

134

Balla cu' l'ummira e Jinchifossa.

C'è Carabina, c'è Bumma e Bummuni,
Menzucartocciu, Purcillanafina,
Panzìca, Panzaredda, Parranzuni,

poi, Pasta, Pastaniura, Pastafina,
e Panzalonga e Panta e Pantanu,
Anzermu, Dentidoru, Carulina,

Ginnariellu, Perciò. Napulitanu,
poi ci su: Cardinali, Parrineddu,
Monacu, Munacheddu e Saristanu.

C'è Tigna, Tignusu e Tignuseddu.
Poi Lu siccu, Lu longu e Lu nanu.
Cumeddia, Cozzulisciu, Cuzzareddu,

La niura, Larussa, L'africanu,
Lu niuru,........ >Ma a quantu si capisci,
compari, pi' ora nun livati manu!

<Aspittati un mumentu ca finisci,
sintiti sulu ca c'è: Lu pisciaru,
Lu paranzeri e poi tutti li pisci

E su': Mirruzzu, Trigghia, Baccalaru,
'Zuraddu, Opigrossi, Viola, Tunnu,
cioè, pisci grossi e pisci di panaru:

Vavusa, Ucchiata e poi puru ci sunnu:
Saracu, Rizza, Granciu e Cicireddu;
disciti vui ca po' iu v'assicunnu.

E iu 'nn'haju pronti 'nautru munzeddu,
cumenciu cu' Turitta e Turitteddda,
Barabba, Settilingui e Duvicheddu.

Haju Pitrusinu, haju Gira e Cardedda,
Majuzzu, Spirdatu e Piatà,
poi, Cùzzica, Matinchi e Muddichedda.

C'è Patriarca, Patriottu e Papà,
Lu manzu, Lu sarvaggiu, Lu malatu,
e Lu surdu, Lu foddi e Gnuramà.

Poi, Culugrossu, Pìritu unciatu,
poi: Sagnapirita e Fetu c'è puru,
po'cci vulissi... e c'è si: Lu 'nchiappatu!

Poi: La sciascàra e Bummulu cruru,
Cazzettu, Cazzazzu, Cazzarruni……

>Compari, ancora 'cci 'nnè? < Ca sicuru!

Cu' su'?: Lu forti, Carnera e Sansuni,
Sciussciatiunasu, e Bottadimorvu,
Nasca, Naschitta, Nascazza e Nascuni.

Occhi di lebru, Occhi di jatta, L'orvu,
Cun'occhiu, Occhi di buttuni, Ucchiddu.
Poi: Scaulidda, Palummu, Lu corvu,

Sciullu, Paffetta, Ziula, Cardiddu,
Aquila, Appappamuschi, Pipituni
e Cuccubiancu e Cucca e Riiddu,

Pettirrussu, La passara, Pinzuni
E Mirracchiolu e puru Carcarazza!
Poi…. C'è Lu sbarru, Lu strammu, Strammuni

e c'è Lu crastu, Lu voi, Vaccazza,
La bestia, Lu porcu, e c'è: Lu sceccu!
Poi, Minnamodda, Minnitta, Minnazza……..

>cumpari… ancora 'un c'è chiddu chi cercu,
lu vostru, mancu l'aviti truvatu?
<Nenò, cumpari,… ancora nun l'azzeccu.

>lu 'nautri quattro l'haju priparatu,
su': La cannaruzzuta ed è la prima;
Lu zoppu, Lu jmmurutu, Arrapacchiatu;

sunnu sempri la 'nciuria, no la stima;
Perciò, 'Nnàu, Libanaru, Chiavittèri,
Di rrannu, Smagghiu, poi, Lastima, Lima,
Baruni, Lu duca, Lu cavalieri,

Lu principi, Rigina, Riginedda
Règgia, Barunicoffa, Bigliarderi.

Poi, Coscilovu, Di lova, Marredda,
Pitarra, Tirribaddi, Currinchianu,
Macchè, Varvazza e Varivazzedda.

E ancora c'è: Pacchianella, Pacchhianu,
poi, Di l'ursa La sena, Lu furi,
Firruzzu, Japichinu, Pagghiaranu.

C'è L'avvucatu, c'è Lu diritturi,
c'è Mecciu, Cannila, Lampiunaru
e Micciteddu, poi, Mazzu di sciuri,

Garofalu, Sciuridda e Lu sciuraru.
C'è Vitturina, Trarotta, Papuni,
Perciabiglietti, La percia e Crivaru.

La sceddara, Sciuzzuni, Salamuni,
Caravotta, Pipiuzzu, Carricchia,
C'è: Scardella, La mirra, Farfalluni,

doppu c'è Runchiu, Rizzu, Menz'aricchia,
Pupetta, Pupuniuru, Pupiddu,
Titillu, Parasaccu, Virtulicchia,

Pizzudda, Pezzaniura, Sciatiddu.
Poi, Sancaloriu, Santanna, Samprisi,

Stipa, Filinia e Pilupiliddu.
E c'è: Fifìu, Lu vappu, Danisi,
Catarinella, Casola, Ruina………..

>Cumpari, ma, allistiti pi' stu misi?

Iu 'nn'haju pronti 'n'autra dicina,
a chi li pensu m'i faciti diri
su: Ugghia caura, Ugghidda, Virrina,

Tumazzu, Scignu e Pisciòvordiri,
Chiantascipuddi e va cu' Scipuddina,
Scent'unzi, Vasarana, Scinculiri.

Cacatu, Cacateddu, Cacazzina,
poi, Cacachiummu e Cacagiarnu puru
ed ancora ci'nnè di sta muzzina;

e sunnu: Cacaligna, Cacaduru,
Cacaniru, Cacachesi e Cacafavi;
si nuddu caca 'cchiù nun è sicuru!

Poi c'è 'na 'nciuria chi unu havi……
L'haju 'mpizzu 'mpizzu 'nta li cannarozza…..
'na 'nciuria giusta giusta… ah ci pinsavi,

eccu, a chistu ci discinu: Perforza,
c'è ancora Calligalli, Caticati,
Zampadigallu, Scattiola, Carrozza.

Mennula, Alivu, Abbuccapignati,
ancora: Acquaviva, Acqualoru,
c'è Caribardi, Manuzza, Manati,

poi c'è: Maluviscinu, Puntaloru,
c'è Lu lagnusu e puru Lu massaru,
Scaccagnu, Pasqualottu, Frivaloru

E c'è La chilli, Lu babbalusciaru,
Zippula, Zitu, 'Nnacchia, 'Nchiuddaredda,
Caddozzu, Orufinu, Lu vardaru,

ancora: Simunetta, Navittedda,
Pettinaporci, Purcelli, Pumata,
Taccuni, Cappillettu, Scinniredda,

Lu zoppu, Lu sciancatu, A scancarata.
Adesso, Cantarazzu, Paccannazza,
c'è Pilucani e Canifigghiata.

Poi, Scannapecuri, Scausunazza,
Nasu, Senzamirianti, Nanfarusu,
Sapuni, Assoliu, Di broliu, Sfirrazza.

Ancora: Baccamortu, Murritusu
e Malaverra, Lu verru, Battagghia,
poi, Fìllari, Pulenta, Vaddarusu,

Lu'ntrepitu, Frateddu, Ammuccapagghia.

Doppu di chisti, nun 'nnì pensu 'cchiui
E ccà, compari, la me' vucca stagghia;

si 'nnì pinsati natra pocu vui,
dicitili e spiriamo di truvari
a chisti chi circamu tuttidui.

<Ca, parranno cu vui, caru cumpari,
iu 'nn hàiu pronti 'n'autru risciuppuni,
àmu a circari di nun 'nnì sbagliari

e sunnu: Taddarita, Luscirtuni,
poi, Pitticuna, Spallina, La frolia,
poi, Manciascinniri, Mancia, Manciuni,

Manciacanigghia, ancora, Mancianzolia
E Manciameli. Affrunziddu, L'ustiara,
poi, Di pidda, Maranna, La brolia.

Poi, Custanza e Mennulamara,
Rattiddu, Scacciudda, Virichedda,
La carinisa, La santavitara,

La sapurita, La laria, La bedda,
Anchitta, Nannapupa, Spampinata.
Sciarabba, Masculiddu, Fimminedda,

La lorda, Faccilorda, La 'ngrasciata,
Vrazza di ficu, Lu scentu, Gheghè,

La nobili, La latra, La scacchiata,

c'è Naschilordi, Nascarinu e c'è
Lu 'ncarcateddu e poi, Lu sciacchitannu
Ma, d'autri paisi assai ci 'nnè

E su: Palermu, Lu palarmitanu,
Lu turrittisi, poi, Lu capasciotu,
Lu parchitanu, c'è: Lu burgitanu

e L'arcamisi e Lu partinicotu;
>ma, intanto ancora lu meu nun si trova….
<ancora no… c'è: Lu masciddarotu,

Lu muncilibrisi, ah, Coppulanova!...
L'urtimi sunnu: Scimiazza e Raccugghiu…
>fermu… aspettati… vi dugnu 'na prova:

chiddu chi cercu si chiama Briugghiu
ma, nuddu mi sapi diri unni stà…
<Ma, puru iu scercu a un Cicciu Briugghiu….

>Talè!... scummissa?... tutt'unu sarà….
Sciccu Briugghiu… la 'nciuria… mi pari…
… oh… ci pinsavi… la 'nciuria è Llallà

> Prescissimamenti iddu è!... cumpari!
Stu figghiu di scarna, lu truvamu,
quant'avi chi 'nnà fattu sfirniciari,

tutti, unni stà lu sannu, ora ci jiàmu.

<Ora però, ca truvamu a Llallà,
'nnè chi pi casu, avissimu scurdatu
La 'nciuria di l'ex Podestà?

>Ma propriu,... veramenti:... Lu scinziatu!
Menomali ca ora è un "quaquaracà"
Sinnò ast'ura 'nn'avissiru arristatu!

Viva la Puisia e la Libertà.

Cinisi – febbraio – 1947.

145

PER FINIRE CHIUDIAMO
CON QUEL CHE MUOVE IL MONDO E GLI UNIVERSI
E, NON PUÒ ESSER ALTRO CHE L'AMORE.
QUINDI, ANCHE I NOSTRI VERSI
CHE, SGORGANO AUTENTICI DAL CUORE,
AMORE LI CHIAMIAMO.

QUANNU L'AMURI È PUISIA

Quannu comu un'incantu
tu pensi sempri a idda,
e la viri cchiù bedda
di un suli tersu.

Quannu la cerchi tantu
comu cerchi 'na stidda
'ncielu cchiù brillaredda
tra l'Universu.

Quannu la notti bruna
cu gran malincunìa
talìu 'ncelu la luna
tunna e splinnenti
e cu l'occhi lucenti
pensu a ttìa;
la menti mia
Luna, ci dici,
forsi avrài gilusia
ma è cchiù bedda di tia,

e mi sentu filici
e nun cuntu cchiù li uri;
tannu l'amuri
è puisia!

TANNU, LA PUISIA DIVENTA AMURI

Quannu viri 'na mamma
chi annàca lu nutricu,
lu strinci e lu vasa,
ci duna la 'nnènna,
lu chiama gioia mia;
tannu, la puisia ...*diventa amuri*

Quannu viri 'na matri
chi saluta lu figghiu
supra un trenu chi parti
chi a circari furtuna
si nni va a la stranìa;
tannu, la puisia ...*diventa amuri*

Quannu viri ann'arbari
la matina l'orienti
e l'aurora rusata
a lu suli nascenti
ci spalanca la via;
tannu la puisia ... *diventa amuri*

Quannu viri in un pratu
supra l'erva vagnata
un tappitu di ciuri
chi spapuranu oduri
chi lu ciatu arricrìa;

tannu, la puisia ...*diventa amuri*

Quannu viri li spighi
in un campu di granu
undiggiari a lu ventu
comu nuvuli d'oru
e lu suli faiddìa;
tannu, la puisia ...*diventa amuri*

Quannu viri a occidenti
tra lu cielu e lu mari
tramuntari lu suli
e fa un quatru d'auturi
di biddizza e maggìa;
tannu, la puisia ...*diventa amuri*

Quannu viri brillari
trimulanti li stiddi
comu cala la sira;
'na fidduzza di luna
ti surridi e talìa;
tannu, la puisia ...*diventa amuri*

Quannu scoppia l'amuri
pi la cosa cchiù bedda;
jornu e notti la pensi
e pi' Idda lu cori
forti ti tuppulìa;
tannu, la puisia ...*diventa amuri*

Quannu t'ispira Eratu sì canturi;
tannu la puisia *diventa amuri..*

(Da "Splendori di Primavera"
Poesie d'altri tempi)

LA CANZUNA DI LU VENTU

Quannu di matina prestu prestu,
lu suli avi li raggi chiari chiari
ca bonu 'un si capisci
si sunnu raggi d'iddu o di la luna;
dda luci bianchinusa
mista a la nigghicedda matutina,
allatta tutti cosi:
li munti, li campagni, li paisi.
Taliannu di la spiaggia, com'un velu
lu mari si cunfunni cu' lu celu.
'Nta dd'èstasi divina
qualcosa, duci-duci s'arrimina,
si movinu di l'arvuli li rami,
l'aria si va schiarennu,
russìanu li raggi di lu suli
muntagni e mari pigghianu culuri.
Comu musica arcana
d'un gran strumentu a ciatu,
chi s'avvicina, passa e s'alluntana
lassannumi 'ncantatu
la sentu:
è la canzuna di lu ventu!.

IL SILENZIO DELLA NOTTE

Volge al tramonto il giorno
rovente e tumultuoso;
col suo fresco respiro,
la desiata, nostalgica
ora crepuscolare
apre le braccia stanche alla silente
e dolce sera.

La notte fonda,
sulla calda scogliera,
assorto mi ritrova a contemplare,

sul mare calmo, immobile,
l'immenso ed incantevole riflesso
della Luna calante

Rotto dal ritmo dell' armoniosa,
cullante musica della risacca,
dolcissimo si sente
l'eterno, arcano
silenzio della notte.

L'autore

INDICE

CENNI BIOGRAFICI

Giovanni Mannino nasce il 7 maggio 1928 a Cinisi (PA) "il paesin reso famoso – dal film "I cento passi" di Giordana, come lui stesso ama definirlo in una sua poesia.

"Cresce infelice tra miseria e fame", altra sua poesia.. Erano i tempi oscuri del fascismo, ed a circa dieci anni, finite le scuole elementari, dovette andarsene dal suo paese, verso le campagne interne della Sicilia , in cerca di pane. Proprio in questi posti, ricchi di frumento e legumi, pastorello, portando al pascolo le pecorelle, leggendo prima piccole poesie dialettali, poi, veri poemi di grandi autori quali: Omero, Virgilio, Dante, Tasso, Ariosto, Petrarca e tanti altri, incomincia ad innamorarsi della poesia., Infatti, le sue poesie vanno da quel periodo fino ai giorni nostri.

Nel dopoguerra, verso il quarantotto, emigra in Svizzera per un breve periodo; lui, che viene dall'assolato, rovente feudo siciliano, resta incantato dai freschi, meravigliosi panorami elvetici, che in seguito descriverà in "Ricordi elvetici" come il paese delle meraviglie, e dove fa da dilettante le prime sue fotografie.
Tornato a Cinisi, apre uno studio fotografico nella vicina Terrasini e poi, a Mazara del Vallo dove tutt'ora vive e... scrive, ormai da pensionato, dopo essersi dedicato per quasi cinquant'anni all'arte fotografica.

Giovanni Mannino oltre a questa silloge "IL MIO PAESELLO" cun i soprannomi degli abitanti di Cinisi suoi paesani e varie, i libri che ha scritto sono: "SPLENDORI DI PRIMAVERA" POESIE D'ALTRI TEMPI VALIDE TUTTI I TEMPI", "IL POETA E IL MERLO INDIANO", e "BAGLIORI D'AUTUNNO", raccolte di poesie in lingua siciliana e italiana, "GEMMI SICANI" Grande Antologia di poeti dialettali siciliani, dal Medio Evo ai giorni nostri, con suoi ritratti in versi per ogni autore, ed ancora, ha scritto e curato un'altra piccola, stupenda Antologia: "LE GRANDI FIRME DELLA POESIA ITALIANA" DAL MEDIO EVO AI CONTEMPORANEI.

Ritiene scrivere: "un brutto vizio"

Lisa Mannino

Finito di stampare nel mese di Maggio 2014
per conto di Youcanprint *Self - Publishing*